뛰어내리려는
여고생을 구해주면
어떻게 될까? 3

키시마 키라쿠
일러스트 / 쿠로 나마코
캐릭터·원안·만화 / 라탄

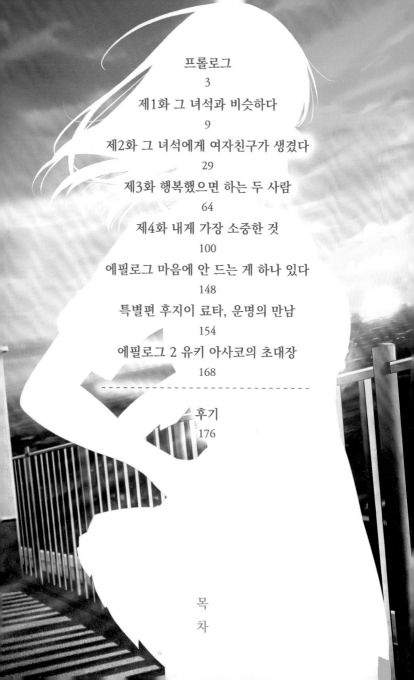

프롤로그

3

목

차

뛰어내리려는 여고생을 구해주면 어떻게 될까? 3

키시마 키라쿠
일러스트 / 쿠로 나마코
캐릭터-원안·만화 / 라탄

프롤로그

오타니 쇼코가 유스케와 만난 것은 고등학교에 입학한 날의 일이었다.

입학 첫날이라는 것은 많은 소년소녀들의 마음을 괴롭게 하는 경우가 많다.

특히 오타니처럼 같은 중학교에서 올라온 학생이 적은 사람에겐, 이날 어떻게 행동하느냐에 의해 향후의 학교생활이 좌우된다고 해도 좋을 정도였다.

하지만 오타니는 이럴 때 어떻게 해야 할지 이미 정해두었다.

일단 자신의 옆자리에 앉은 사람에게 먼저 인사한 뒤 이야기를 나누는 것이다.

자리가 가깝다는 것은 늘 얼굴을 마주한다는 뜻이고, 친해진다면 '오래갈 인연'이 될 확률이 높다.

그리고 가급적 반에 아직 친구가 없는 것 같아 보이는 상대라면 더욱 좋다.

이미 친구가 많은 상대라면 그 그룹과 새로운 친구 사이의 균형을 맞추는 데 큰 번거로움을 느끼기 때문이다.

그런 의미에서 자신의 앞자리에 앉아 있는 '유키'라는

남자는 말을 걸기 무척 수월한 존재였다.

"……(사각사각)."

무려 입학 첫날 아침, 홈룸 전임에도 참고서를 펼쳐놓고 묵묵히 공부를 하고 있었으니까.

아까부터 사각사각 참고서에 답을 적어 넣는 소리가 앞쪽에서 끊이질 않았다.

틀림없이 이 남자는 현재 이 반에 친구가 없을 것이다.

'그리고 단순히 흥미가 생겼어.'

이럴 때까지 공부를 하고 있으니 '엄청난 공부벌레인가?'라고 생각했는데, 그에 비해 운동도 꽤 하는 것인지 탄탄한 몸을 갖고 있었다.

어쨌든 아무리 공부만 하는 사람이라도 이렇게 주위에서 다들 새로운 친구를 사귀기 위해 부산스럽게 굴고 있는 혼란의 한가운데에서 한눈팔지 않고 참고서를 풀고 있다는 것은 이상했다.

그런 이유로 오타니는 이 특이한 반 친구에게 말을 걸어보기로 했다.

"저기 너, 이름이 뭐야?"

"……(사각사각)."

오타니가 불렀지만 대답은 없었다.

아예 눈치를 못 챈 것인지 한결같이 사각사각거리며 참고서에 답을 쓰는 손길을 멈추지 않는다.

"저기, 너."

"……(사각사각)."

이번에는 꽤 크고 강한 목소리로 불렀지만 전혀 반응이 없다.

"저기요, 여보세요~."

이대로라면 평생 저쪽이 이쪽을 눈치채는 일은 없을 것 같다고 생각한 오타니는 앞자리 남자의 등을 툭툭 찔러보았다.

그러자 앞자리 남자가 펜을 움직이는 소리가 멈췄다.

"……."

"이제야 알아차렸네."

그건 그렇고 엄청난 집중력이다.

괜히 방해한 건가 싶어 오타니는 조금 미안한 마음이 들었다.

뭐, 그렇다면 일단 인사라도 해두자.

"모처럼 가까이 앉게 됐으니까 이름을……."

하지만.

"……아, 여기 사인은 코사인으로 변환하는 거구나."

남자는 그렇게 중얼거리더니 다시 참고서에 답을 쓰기 시작했다.

빠직, 하고 오타니의 관자놀이에 핏대가 섰다.

확실히 공부하는 와중에 끼어든 것은 자신이지만, 이렇

게 무시당할 만한 이유는 없었다.

오타니는 남자의 목덜미를 잡아 올려 억지로 자신 쪽으로 당겼다.

"꾸엑?!"

남학생은 개구리가 뭉개지는 듯한 소리를 지르며 가까스로 뒤를 돌아보았다.

"뭐야, 너! 갑자기 무슨 짓이야?!"

"사인인지 코사인인지 우사인 볼트인지는 모르겠지만 남의 말을 세 번이나 무시하다니 배짱이 좋네……. 마음에 들어. 이름을 들어줄 테니 빨리 이름이나 대렴."

"뭐, 뭐라고? 그게 무슨."

하지만 오타니가 미간을 찌푸리며 날카롭게 노려보자 그 남자는 기세에 짓눌린 것인지 "아, 알았어" 하며 자신의 이름을 알렸다.

"……유키, 유키 유스케야."

유키 유스케. 후일 2학년이 되어서도 같은 반 같은 자리를 차지하게 될 이 남자는 약간의 수면 부족으로 인해 다크서클이 내려온 눈으로 이쪽을 보며 그렇게 말했다.

"그래. 나는 오타니. 오타니 쇼코야."

"……이도류를 할 것 같은 이름이네*."

---

* 야구 선수 오타니 쇼헤이의 별명. 백합 장르를 뜻하는 말로도 쓰인다.

"안타깝게도 나 백합은 별로 좋아하지 않아."

"???"

오타니의 말에 진심으로 무슨 말을 하는지 모르겠다는 듯 유키는 고개를 갸우뚱했다.

그것이 오타니 쇼코와 유스케의 만남. 지금에서야 오타니는 생각했다.

이 첫 대화를 나눌 때부터, 자신은 왠지 모르게 이 특이한 남자가 싫지 않다고 생각한 것 같다고.

제1화 　그 녀석과 비슷하다

입학한 지 한 달.

"다녀오겠습니다."

오타니 쇼코는 집 현관에서 신발을 신으면서 그렇게 말했다.

"여전히 쇼코는 빠르네."

그런 오타니를 배웅하는 것은 차분한 분위기의 여성이다.

"노리코 씨도 오늘 야근이잖아? 괜찮아, 굳이 나한테 맞춰서 일찍 안 일어나도."

"어머. 엄마가 학교 가는 딸을 배웅하고 싶은 마음은 당연한 거 아니니?"

"아니…… 그야 난……."

하지만 생긋 웃는 노리코를 보고 있자니 오타니는 그다음 말을 할 수 없었다.

"아빠는?"

"유타 씨라면 또 책상 위에서 자고 있어. 몸에 안 좋으니까 침대에서 자라고 몇 번을 말했는데……."

"그래…… 여전하네."

오타니는 어릴 때부터 몇 번이나 봐왔던, 아버지가 작업 책상에서 팔을 베고 자는 모습을 떠올렸다.

"그럼 다녀올게."

"그래, 잘 다녀오렴."

오타니는 노리코의 목소리를 뒤로하고 로퍼 구두 소리를 내며 현관을 나섰다.

◇

오타니는 아침의 학교를 좋아한다.

아직 아무도 없을 정도의 이른 시간은 특히 그렇다.

평소에는 많은 사람으로 시끌시끌하던 공간이 조용하게 가라앉은 그 안에서 혼자 있는 것이, 참을 수 없이 기분 좋았다.

중학교 때부터 아침 누구보다 일찍 등교해 만화나 소설을 읽거나 그림을 그리는 것이 오타니의 습관이었다.

그런데 고등학교에 온 이후로는 늘 선객이 있었다.

"……(사각사각)."

입학식 날 목덜미를 잡힌 남자, 유키.

이 남자, 오타니가 아무리 일찍 학교에 와도 반드시 그보다 먼저 와서는 혼자 묵묵히 공부를 하고 있다.

드르륵, 오타니가 문을 열고 교실 안으로 들어서자.

"······아아, 좋은 아침, 오타니."

유키는 잠시 참고서에서 고개를 들어 인사를 해왔다.

"좋은 아침, 유키. 여전히 오늘도 열심이네."

오타니가 그렇게 대답하자 유키는 별다른 대답을 하지 않고 곧바로 참고서로 고개를 돌려 공부를 재개한다.

꽤 쌀쌀맞은 태도였지만 그나마 나은 편이다.

얼마 전까지만 해도 오타니가 들어와도 거들떠보지도 않았다. 이렇게 한마디라도 인사를 하게 됐으니 나름 발전한 셈이다.

오타니는 자신의 자리에 앉아 어제 읽던 소설을 펼쳐 읽기 시작했다.

유키는 여전히 조용히 공부를 이어갔다.

교실은 정적.

들리는 것은 오타니가 책장을 넘기는 소리와 유키가 펜을 움직이는 소리뿐.

'······뭔가 마음이 편하단 말이지. 이 시간.'

중학교 때와는 달리 아침의 교실은 오타니만의 것이 아니었다.

그래도 이 앞자리에 앉는 남자와 보내는 두 사람만의 시간을 오타니는 나쁘지 않다고 생각하는 것이었다.

◇

"자, 그럼 오늘은 여기까지~."

담임교사가 그렇게 말하며 교실을 나서자 학생들은 일제히 자기 자리에서 일어나 각자 방과 후 일정을 향해 움직였다.

어떤 학생은 동아리 활동을, 어떤 학생은 친구들과 놀러, 어떤 학생은 혼자 스마트폰을 만지작거리며 교실을 나선다.

그 와중에 앞자리의 유키는.

"좋아."

바로 돌아갈 채비를 마치고는 쏜살같이 교실을 나섰다.

참고로 오른손에 둥글게 말아 쥐고 있는 것은 연분홍색 작업복이다. 아무래도 아르바이트를 하고 있는 듯했다.

'……아침부터 그렇게 공부한 것도 모자라 아르바이트까지. 열심히 사네.'

오타니는 유키의 모습을 보고 그런 생각을 했다.

참고로 오타니는 귀가부였지만 방과 후에도 한동안은 교실에서 시간을 보내는 파였다.

교실을 좋아해서가 아니라 단순히 하교하는 학생이 많아지는 시간대를 피하고 싶은 것뿐이다. 얼추 사람의 이동이 끝난 뒤 천천히 하교하는 것이다.

딱히 사람을 싫어하는 것은 아니다. 반에도 반 밖에도 취미로 이어진 친구들은 있다. 그저 시끄러운 것이 싫을 뿐.

그런 이유로 방과 후에는 나온 과제를 답안을 보며 적당히 해치우고, 남은 시간엔 요즘 한창 빠져 있는 스마트폰 게임을 하며 보냈다.

이렇게 지내면서 오타니는 스스로를 '제법 잘 사는 인간'이라고 생각했다.

요령이 특별히 더 좋은 것은 아니지만 자제력이 있는 타입이라 고등학교 생활에 쓸데없이 들뜨지 않았고, 반 내에서는 그룹을 잘 짜서 돌아다니면서도 자신이 보내고 싶은 대로 시간을 보내고 있다.

그 대신, 아무래도 자신에게는 다른 동급생들과 같은 '열정'이 없는 것이 아닐까 생각했다.

방과 후 사람이 거의 사라진 교실에 울려 퍼지는 것은 취주악부 트럼펫 소리나 운동부의 무슨 말인지 알아들을 수 없는 구호. 단언컨대 그것들은 정말 극히 일부의 인간을 제외하면 장래에 돈이 될 만한 일은 아니었다.

남자친구 이야기를 하며 매일같이 울거나 기뻐하는 친구도 있다. 고등학생 커플 중 대부분은 앞으로 결혼까지 갈 일도 없을 텐데 좀 더 여유를 가져도 되지 않을까.

그런데도 그들은 지금은 그 일에 푹 빠져 있는 것이다.

그것이 오타니에겐 조금 멀고 부럽게 느껴졌다.

내가 좀 더 서투른 사람이었다면 그들처럼 무언가에 푹 빠질 수 있었을까?

"뭐, 그 녀석 수준까지 가버리는 것도 좀 아닌 것 같지만⋯⋯."

오타니는 그렇게 말하고는 자신의 앞자리를 보며 중얼거렸다.

그 공부를 향한 자세는 열정이 지나친 나머지 광기마저 느껴졌다.

잠시 후 해가 조금 기울기 시작하여 학생들도 뜸해질 무렵, 오타니는 자리에서 일어나 하교했다.

◇

오타니가 귀가한 것은 완전히 해가 진 오후 8시경이었다.

돌아오는 길에 단골 서점에 들러 보고 싶었던 작품 몇 권을 산 뒤 이어서 손님이 적은 단골 커피숍에서 구입한 책을 읽는다.

귀가부인 오타니라도 가끔은 이렇게 밖에서 시간을 보내고 돌아갈 때가 있었다. 결국 하는 일은 집에 있을 때와 별반 다르지 않지만 조금 색다른 느낌이 들어서 좋았다.

"다녀왔습니다."

오타니가 그렇게 말해도 집안에서 들려오는 대답은 없

었다.

"……하아."

이럴 경우의 패턴은 정해져 있다.

이 시간 노리코는 일하러 간 상황이라 집에 없다.

하지만 다른 한 명은 틀림없이 집에 있을 것이다. 애초에 그 사람은 거의 외출하지 않는다.

그런데 대답이 없다는 것은…….

신발을 벗고 복도로 올라간 오타니는 계단을 오른 곳에 자리한 방 앞으로 갔다.

문은 반쯤 열려 있었고 안에서는 잉크 냄새가 희미하게 풍겨왔다.

"역시 또 책상 위에서 자고 있네."

오타니가 방 안으로 들어서자 화구가 어지러이 놓인 방에서 한 중년 사내가 책상에 엎드린 채 숨을 고르게 내쉬고 있었다.

아버지인 오타니 유타다.

오타니는 유타의 몸을 흔들며 말했다.

"아빠. 일어나."

"음……."

딸의 부름에 유타가 고개를 들었다.

부스스한 검은 머리에 바빠서 면도를 못해 삐죽삐죽 솟아난 수염, 키는 큰 편이지만 슬림하다기보다 우람한 느낌의 체격, 눈매는 곰 같은 힘센 인상과는 연이 없어 보이는 처진 눈이었다.

유타는 잠시 두리번거리다가 오타니의 얼굴을 뚫어지게 쳐다보았다.

그리고 여전히 맥없는 느릿느릿한 목소리로 말했다.

"……아아, 어서 오렴. 쇼코 오늘은 무슨 일이니? 마치 안개가 낀 듯한 얼굴이구나."

"잠이나 다 깨고 말해. 자, 안경. 쓰고."

오타니는 책상 위에 굴러다니고 있던 유타의 안경을 집어 들어 건네주었다.

오타니에게도 유전된 이 나쁜 시력은 안경이 없으면 이 거리에서도 앞이 뿌옇게 보인다.

"잘 거면 제대로 자."

"매번 신경 쓰이게 해서 미안하구나. 그래도 아직 원고가 좀 남았으니까 조금 더 하려고. 아, 노리코 씨한테는 비밀로 해줘. 오늘 아침에 잔소리를 들은 직후라 이번엔 진짜 크게 혼날지도 몰라."

유타는 안경을 쓰자마자 펜을 들고 초안을 작성한 원고지 위로 펜을 넣어가기 시작했다.

"침대에서 한숨 자고 난 뒤에 해도 될 텐데……."

"그렇다면 좋겠지만 주간 연재는 기다려주지 않으니까 말야."

오타니의 아버지는 주간지에서 연재를 하고 있는 만화가였다.

다행히도 나름 오랜 시간 사랑받는 만화가인지라 간행수 60권에 가까운 인기 시리즈를 다루고 있다.

덕분에 오타니도 특별히 돈에 불편함 없이 살고 있고 용돈 역시 남들보다 더 받는 편이라 생각했다.

하지만 반대로 말하자면, 그건 유타가 오타니의 어린 시절부터 주간 연재에 쫓기고 있었다는 뜻이기도 했다.

오타니는 어시스턴트들이 돌아간 뒤에도 이렇게 혼자 밤늦게까지 원고를 그리고 있는 유타를 계속 지켜보았다. 어렸을 때는 당연하다고 생각해서 신경 쓰지 않았는데, 조금이나마 세상을 아는 나이가 되면서 아버지의 업무량이 세상의 일반인들에 비해 비정상적이라는 것을 깨달았다.

오타니 본인 역시 수험 공부 때는 적잖이 공부에 집중했던 경험이 있었기 때문에 이제는 아버지의 몸 상태가 걱정되었다.

"……저기."

오타니는 잠시 책상 위에서 묵묵히 작업을 하는 유타를 바라보다가 이윽고 말을 걸었다.

"왜 그러니, 쇼코?"

"일하는 방식을 조금 더 바꿀 순 없을까? 분명 건강에 안 좋을 거야.”

정확히는 아니지만, 작품의 발행 부수를 알고 있기 때문에 자신의 아버지가 얼마나 벌고 있는지 대강은 알고 있다.

아마 이제는 그렇게까지 열심히 일하지 않아도 나름대로 살 만한 돈이 있을 것이다.

“그렇지……. 하지만 나뿐만 아니라 어시스턴트들의 생활도 있고 잡지 자체의 매상도 있고 여러 사정이 있으니까.”

“뭐, 그건 알지만.”

유타가 그리고 있는 작품은 여러 업체와의 콜라보 등 만화 속 이야기가 아닌 부분을 통해 출판사에 돈을 벌어다 주기도 했다. 그만두고 싶다고 해서 네 그렇습니까, 하고 쉽게 그만둘 수 있는 일이 아닌 것이다.

“하지만 본인이 강하게 원하면 연재를 그만둘 수는 있잖아. 아빠는 오랫동안 잡지 인기작 중 하나로 매출을 받쳐왔으니까 편집부에서도 어느 정도는 흔쾌히 보내줄지도 모르고.”

“그건 그렇지.”

유타는 머리를 긁적이며 말했다.

“그렇지만 뭐, 내가 십 대일 때부터 운 좋게 연재를 시작한 이후로 계속 이런 생활을 해왔거든. 그래서 그런지 이런 삶밖에 모른다, 부끄럽게도 말야.”

유타는 자신의 펜을 든 손가락을 보면서 그렇게 말

했다.

그 손가락은 오랜 세월 펜을 잡은 탓인지 커다란 굳은 살이 박혀 있었고 손가락도 부자연스럽게 휘어져 있었다.

하지만 그런 자신의 손을 바라보는 유타의 눈은 어딘가 뿌듯해 보였다.

"쇼코나 노리코 씨에겐 걱정을 끼쳐서 늘 미안하게 생각하고 있어. 미안해."

그렇게 말하며 미덥지 못한 미소를 지어 보이는 유타.

"……하아, 뭐 상관없어, 아빠가 좋다면 그대로도."

그런 얼굴을 하면 아무 말도 할 수가 없다.

분명 아버지는 아직도 자신의 작품을 그리는 데 푹 빠져 있을 것이다.

좀 더 본인의 건강을 챙기라는 명목으로 그것을 못 하게 한다면 너무 이기적인 짓이겠지.

물론 외모나 분위기는 미덥지 못한 아버지이지만, 이런 모습은 솔직하게 존경스럽고 응원하고 싶다는 마음도 들었다.

"그러고 보니 쇼코는 요즘 그림은 안 그리니?"

"……응."

"그렇구나. 어렸을 때는 자주 보여주러 왔었는데 말야."

"지금 생각하면 인기 만화가님께 부끄러운 걸 보여줬던 것 같아."

"나는 좋았는데…… 아, 이럴 때가 아니라 원고 해야지."

유타는 그렇게 말하며 원고로 시선을 돌렸다.

"오늘은 노리코 씨 늦게 오니까 저녁은 배달해도 되지? 아빠 몫은 늘 먹는 돈가스 덮밥으로 괜찮아?"

오타니가 그렇게 묻자 유타는 말없이 원고에 펜을 넣으며 고개를 끄덕였다.

이미 의식은 일 쪽에 쏠려 있는 것 같았다.

거기서 오타니는 깨달았다.

'아아, 그래, 이 느낌. 그 녀석이랑 비슷하네.'

자신의 앞자리에 앉은 남자. 유키도 공부를 시작하면 이런 느낌이었다고 생각하는 오타니였다.

다음 날.

평소와 같이 오타니가 아침 일찍 학교에 오자 역시 평소와 같이 유키가 먼저 와서 공부를 하고 있었다.

"여어."

"안녕."

유키의 짧은 인사에 오타니도 간단히 대답하고, 평소처럼 자기 자리에 앉아 책을 펼쳤다.

하지만 오늘은 자연스럽게 시선이 책이 아닌 앞자리에 있는 유키의 등을 향하고 있었다.

약간 등을 굽힌 채 묵묵히 책상을 보고 있는 그 모습.

역시 체격이나 생김새는 달랐지만 아버지인 유타와 어딘가 닮아 있었다.

'그렇구나……. 그래서 편안함을 느꼈던 걸까.'

오타니는 납득했다.

이 공간은 어린 시절 아버지의 일터에서 함께하던 때와 비슷했다.

일하는 아버지의 큰 등을 보며 자료용 만화를 읽고 뒤지던 그 무렵과.

그런 생각이 들자 오타니는 조금 더 이 동급생에 대해 알고 싶어졌다.

"저기, 유키. 넌 늘 몇 시에 와?"

"응?"

오타니의 물음에 유키는 펜을 멈추고 돌아보았다.

여전히 잠이 부족해 다크서클이 내려온 얼굴이었다.

"아아, 당번 선생님이 교문을 열 시간쯤?"

"맙소사……."

오타니가 오는 것보다 한 시간이나 더 빠른 시간이다.

이런 성격이니 당연히 그 시간부터 집중해서 공부하고 있겠지.

그것을 매일매일 반복하는 것이다.

"특대생으로서 매번 좋은 등수를 얻어야 한다는 건 알 겠지만, 그렇게까지 하지 않아도 상위 성적 정도는 유지 할 수 있지 않아?"

실제로 유키가 입학하자마자 치른 시험 성적은 2등 이 하를 100점 넘게 앞질렀을 정도로 압도적인 1등이었다.

완전 학비 면제에 더해 월세 보조까지 받는 SA 특대는 학년 5등 이내만 해도 괜찮았다. 그것을 유지하기만 하면 되니 조금 더 공부 시간을 줄여도 어느 정도 등수는 나오 지 않을까.

"넌 왜 그렇게 철저하게 하는 거야?"

그런 오타니의 물음에 유키는.

"난 내가 천재라고 생각하지 않으니까."

당연하다는 듯 그렇게 답했다.

"나는…… 의사가 되고 싶어. 그런데 노력을 안 하면 나 는 남들보다 뒤처지니까. 사실 공부를 거의 안 하던 중1 때는 밑에서 등수를 세는 게 훨씬 빨랐어. 당연히 필사적 으로 할 수밖에 없지."

"그래? 훌륭한 꿈이네."

자신과 동갑이라고는 생각되지 않는 명확하고 탄탄한 장래의 목표였다.

"그래도 잘 모르겠어. 보통 우리 나이라면 여러모로 놀고 싶은 것도 많고 공부하기 싫어하는 경우가 대부분이잖아? 이러는 나도 매일같이 공부를 싫어하고 있고 말야."

"그건 그거대로 힘들 것 같은데…….."

"그런 유혹을 억누르고 매일매일 노력하는 건 평범한 일은 아닌 것 같아서. 왜 그렇게까지 해서 의사가 되고 싶은 거야?"

"왜냐니, 그야…….."

유키는 말을 이으려다 도중에 멈췄다.

"그러게, 왜일까. 아니, 물론 '의사가 되자!'라고 마음먹은 계기도 있긴 하지만…….."

팔짱을 끼고 진지하게 생각하더니 유키가 다시 입을 열었다.

"……뭐, 굳이 말하자면 어렸을 때부터 이렇게 살아오다 보니 이런 생활 방식밖에 몰라서 그런 게 아닐까."

유키는 펜을 잡고 있는 자신의 손 검지와 중지를 세워 자연스럽게 구부렸다. 마치 공이라도 쥐고 있는 것 같았다.

유키는 그런 자신의 손을 물끄러미 바라보았다.

그 표정은 자신의 아버지처럼 어딘가 자조하는 기색이 역력했다. 그럼에도 조금은 뿌듯해하는 것이 느껴졌다.

"그래…….."

오타니는 그런 유키의 표정에서 눈을 뗄 수가 없었다.

"응, 뭐 애초에 특별히 관심 있는 일이 달리 있는 것도 아니니까…… 재미없는 놈이지?"

"그러게. 잿빛 같은 청춘이구나."

"잔인한 표현이네……. 후암."

유키가 크게 하품을 했다.

"미안, 미안."

"……전부터 생각했는데, 너 잠 거의 안 자지?"

"아, 음, 요즘 잠이 좀 부족하긴 하지."

"좀? 정말 좀이야?"

여전히 유키의 눈 밑에는 잠이 부족해 생긴 다크서클이 뚜렷하게 떠올라 있었다.

오타니의 의아한 시선에 유키는 체념한 듯 두 손을 들며 말했다.

"네, 거짓말입니다. 잠이 많이 부족해요."

"뭐, 그렇게나 진한 다크서클이 있으니 당연히 그렇겠지."

'……하아. 내버려 둘 수 없는 녀석이네.'

오타니는 한숨을 쉬었다.

"열심히 하는 건 좋지만 잠은 잘 자둬. 오히려 효율이 나빠질 거야."

"아니…… 그래도 조금이라도 공부를 더 해두고 싶어."

"됐으니까 쉬어."

실제로 아버지는 옛날에 무모하게 밤을 새우던 경우가 많아 여러 번 쓰러지는 일이 있었다.

역시 인간이 몸을 막 쓸 수 있는 것도 잠시뿐이다.

"주말 지나서 학교 왔을 때 또 잠이 부족해 보이면 수업 내내 뒤에서 지우개 찌꺼기를 머리에다 던질 거야."

"그 수수한 괴롭힘은 뭔데?!"

그리고 주말이 지난 아침.

"좋은 아침, 오타니."

"좋은 아침."

오타니가 학교에 오자 유키는 여느 때처럼 참고서를 풀고 있었다.

자리에 앉아 책을 읽기 시작하는 오타니.

그런데 오늘은 의외로.

"이봐, 오타니."

유키 쪽이 몸을 돌려 먼저 말을 걸어왔다. 입학식 날 만난 뒤로 처음 있는 일이다.

"응? 왜?"

"네 말대로 어제 일찍 자봤어. 대단해. 역시 수면은 중요하구나."

감탄한 듯 그런 말을 해온다.

"당연한 소릴……."

오타니는 어이없는 얼굴로 그렇게 말했다.

"그래서 저기, 뭐야……."

유키는 뺨을 긁으면서 조금 눈을 굴렸다.

"고맙다고. 저번에 자라고 세게 말해줘서."

"……."

멋쩍은 듯 그렇게 말한 유키의 얼굴을 보고 오타니는 순간 자신의 가슴이 두근거리는 것을 느꼈다.

"왜 그래?"

"……너 남한테 고맙다는 말도 할 수 있었구나."

"사람을 뭐라고 생각한 거야……."

그 이후 오타니는 학교에 있는 동안 자연스럽게 자신의 앞에 앉은 유키의 등을 보는 일이 잦아졌다.

자신의 마음을 속이거나 외면하는 순정만화적 멘탈을 장착하고 있지 않은 오타니는 자연스럽게 자각했다.

아, 이게 좋아한다는 거구나.

라고.

◇

어느 날 아침, 역시나 유키는 먼저 와 있었다.

다만 오늘은.

"……쿨, 쿨……."

조용히 고른 숨을 내쉬고 있었다.

잠을 전보다 많이 잔다고는 해도 역시 평소의 피로가 누적되는 날도 있을 것이다.

'의외로 귀엽게 자네.'

오타니는 검지로 유키의 뺨을 찔러보았다.

그랬더니.

"음······."

작게 신음하는가 싶더니.

"······9.8몰 퍼 리터······ 쿨······."

그런 말을 중얼거리며 다시 고른 숨을 내쉬기 시작했다.

"후후, 무슨 꿈을 꾸는 거야."

오타니는 자신의 자리에 앉아 다른 학생들이 올 때까지 그 잠자는 얼굴을 계속해서 지켜보았다.

제2화   그 녀석에게 여자친구가 생겼다

오타니는 유키와 2학년이 되어서도 같은 반이었다. 몇 번이나 자리를 바꿨음에도 자리의 위치 관계는 동일했다.

오타니가 뒷자리, 유키가 앞자리.

마치 신이라도 있는 것처럼, 알 수 없는 힘에 의해 이 인연은 정해져 있는 것이 아닐까 생각했다.

그래서 지금과 같은 관계가 계속 이어질 것이라고 나도 모르게 착각하고 있었다.

그러던 어느 날.

사건은 일어났다.

"오타니. 세상의 커플들은 다들 뭘 하면서 지내지?"

점심시간, 유키가 이쪽을 돌아보며 갑자기 그런 것을 물어온 것이다.

"뭐? 너 뭐 잘못 먹었니?"

오타니는 솔직하게 생각한 것을 말했다.

입학할 무렵과 달리 유키 쪽에서 먼저 오타니에게 말을 걸어오거나 잡담을 나누는 일도 늘어나긴 했지만 이런 화제는 처음이었다.

그보다 반대로 관심이 있었냐고 묻고 싶을 정도였다.

"아니, 너 연애물 자주 그린다며. 그러니 잘 알고 있을까 싶어서."

"내가 그리는 건 남자끼리의 연애물인데."

"뭐?"

"그보다 뭐야. 여친이라도 생겼어?"

아니면 좋아하는 여자라도 생겼나?

오타니가 그렇게 묻자.

"어? 아……, 음. 뭐, 그렇게 됐어."

유키는 몹시 기쁜 얼굴로 그런 말을 해왔다.

완전히 헤실헤실 풀어진 얼빠진 얼굴이다.

'아무래도 사실인 것 같네.'

유키에게 여자친구가 생겼다.

오타니는 그 사실을 이해했다.

'……그래, 갑자기 오는구나. 이런 건.'

오타니는 그런 생각을 하며 큰 한숨을 내쉬었다.

◇

유키에게 꽤나 충격적인 사실을 통보받은 다음 날의 방과 후.

여느 때처럼 교실에 다른 학생이 없어질 때까지 느긋하게 있다가 돌아가려던 오타니에게 누군가가 말을 걸어왔다.

"쇼코. 지금 가는 거야?"

교실 문을 열고 들어온 것은 야구부 유니폼을 입은 장신의 남학생이다.

후지이 료타.

자신과 같은 2학년이면서 야구부 에이스 4번, 공부도 학년 10등 안에 든다. 게다가 얼굴까지 잘생겨서 쓸데없이 화를 부추기는 존재다.

이 남자, 대체 무슨 생각을 하고 있는지 오타니를 좋아한다며 거의 매일같이 사귀어 달라는 말을 해온다.

물론 오타니는 유키를 좋아하고 있으니 매번 거절하고 있었다.

"무슨 일이야? 또 고백? 질리지도 않네."

"아니, 물론 질릴 일은 없어. 여차하면 사귄 뒤에도 매일 고백할 생각이야."

"그건 좀 짜증 날 것 같은데."

평소처럼 오타니가 무슨 말을 해도 기쁜 얼굴로 싱글벙글 웃고 있는 후지이와 그런 대화를 나누고 있는데.

"……그건 그렇고, 유키한테 여자친구가 생겼다니. 놀랐어."

후지이가 갑자기 진지한 얼굴로 그렇게 말했다.

오타니보다 하루 늦게, 후지이는 오늘 점심시간에 유키

에게 여자친구가 생겼다는 사실을 본인에게서 듣게 된 것이다.

"그렇지. 놀라긴 했지만 뭐, 당사자들은 기뻐 보이니까 잘된 거 아니야?"

"……쇼코."

후지이는 조금 생각하는가 싶더니 그녀에게 물어왔다.

"저기…… 정말 괜찮아? 유키 말이야."

"괜찮고 말고 할 게 뭐 있어."

후지이는 오타니가 유키에게 호감을 갖고 있다는 사실을 알고 있었다.

후지이가 워낙 끈질기게 고백해오니 따로 좋아하는 사람이 있다는 이유를 전하면서 자연스럽게 이야기했던 것이다.

"그럼 어쩌라는 거야. 사실 나도 좋아했어요, 지금이라도 저를 선택해주세요. 그렇게 말할까?"

"그건……."

"괜찮아. 바로 마음을 전하지 못한 내 자업자득이니까."

오타니는 창밖을 바라보았다.

"멋대로 속단하고 있었던 거야. 유키라면, 노력하는 것밖에 모르는 이 목석 같은 녀석이라면 어차피 여자친구가 생길 기회는 없을 거라고. 적어도 의대에 합격하기 전까지는 그런 것에 관심을 가질 만한 타입은 아닐 거라고. 사실 학교에서도 여자라고는 나 말고는 거의 이야기하지 않았으니까. 뭐, 여자는 둘째치고 동성 친구도 너 정도밖에 없었지."

오타니는 후, 하고 한숨을 내쉬었다.

"그래서 이 질긴 인연이 계속되면 어느샌가 '일단 지금까지 쭉 곁에 있었으니까 사귈까' 하는 흐름이 되고, 깨닫고 보니 데이트를 한다든가, 손을 잡는다든가, 키스를 한다든가, 더 나아가 가족이 된다든가, 그런 식으로 자연스럽게 이어지지 않을까 하고 멋대로 생각했던 것 같아."

"본인이 가진 사춘기 소녀의 망상을 그렇게 정확하게 말로 표현할 수 있다는 게 대단하네."

후지이는 약간 얼굴을 찌푸리며 그렇게 말했다.

"요점은 내가 그렇게 도망치는 동안 다른 누군가가 기회를 잡았다는 거야. 뭐, 그 녀석 쪽에서 먼저 고백한 것 같으니 그 부분에 대해서는 좀 열이 받긴 하지만."

그렇게 말하며 어깨를 으쓱하는 오타니.

후지이는 그런 오타니의 모습을 보며 말했다.

"쇼코…… 힘들지 않아?"

"실연이라는 건 처음이지만, 아무래도 이런 것 때문에 괴로워할 만한 소녀 감성은 갖고 있지 않나 봐."

"그래. 강하구나, 쇼코는."

"둔한 거겠지."

그래.

나는 딱히 무언가에 푹 빠지지 않는다.

지금의 유키가 여자친구를 좋아하는 그 마음처럼, 누군가에게 푹 빠질 수 있었다면 분명 더 괴로웠을 것이다.

어쩌면 자신은 1년 동안 이어진 이 첫사랑에 그렇게까지 강한 마음을 품고 있진 않았나 보다.

"뭐, 쇼코가 힘들지만 않다면 괜찮으려나."

후지이도 오타니의 태연한 모습을 보고 그렇게 말했다.

"하지만 말야, 역시 좀 수상하긴 하네."

"수상해?"

후지이의 말에 오타니는 눈살을 찌푸린다.

"만난 당일에 사귀었다는 얘기잖아? 그야 유키가 못생긴 얼굴은 아니지만, 갑자기 고백을 받고 그 자리에서 바로 승낙했다니 이상하지 않아?"

"아아, 그러게. 듣고 보니."

오타니 자신은 유키에게 호감이 있었기 때문에 고백을 받으면 당연히 그 자리에서 승낙을 했겠지만, 만일 초면일 때 유키에게 고백을 받았다면 그러기는 쉽지 않았을 것이다.

"뭐, 나는 만난 당일에 사귀어달라고 해도 OK 받을 때가 많긴 했지만 말야."

"그래, 자랑을 하고 싶은가 보네. 당장 내 눈앞에서 꺼져."

"지금은 쇼코뿐이야."

그렇게 말하며 윙크해 온다.

"당장 최대한 무참하게 죽어줘."

외모 레벨이 쓸데없이 높은 현실의 남자는 불쾌한 생물이라고 진심으로 생각하는 오타니였다.

"뭐, 하지만 네 그 말도 일리는 있네……. 조금 상황을 지켜보는 편이 좋을 것 같아. 그 녀석은 쓸데없이 사람이 좋아서 속기 쉬워 보이니까."

"그래. 유키는 정이 많으니까 만일 문제가 있는 아이라면 우리끼리 설득해서 떨어뜨리는 것도…… 음?"

거기서 후지이는 문득 어떤 것을 깨달은 듯 손뼉을 쳤다.

"아아, 아니지, 아냐. 아마 유키를 선택했다면 그 애는 굉장히 귀엽고 성격이 좋은 애일 거야. 분명 열렬히 사랑하면서 죽을 때까지 계속 알콩달콩하게 지낼걸. 응, 틀림없어. 그러니까 쇼코, 유키는 포기하고 나랑 사귀……."

퍼억. 오타니가 자신의 실내화를 손에 쥐고 후지이의 머리를 후려쳤다.

"더 말하면 때릴 거야, 이 최악아."

"……이미 때렸잖아."

◇

좋은 여자, 나쁜 여자.

그에 대한 정의는 아마 사람마다 다르겠지만, 오타니 기준으로 적어도 '사귄 상대를 불행하게 하는 여자'는 나쁜 여자라고 해도 좋지 않을까(물론 남자도 그렇지만).

적어도 오타니는 그런 여자를 한 명은 알고 있었고, 그와 관련된 일로 불행해진 인간을 알고 있었다.

그래서 후지이의 말을 듣기 전부터, 만난 지 얼마 안 된 남자에게 사귀자는 말을 듣고 선뜻 허락한 유키의 여자친구라는 존재에 대해 약간의 의구심을 품고 있었다.

첫사랑에 실패했다고는 해도 교우관계가 그리 넓지 않은 오타니에게 있어 유키는 여전히 소중한 친구.

걱정되는 것은 어쩔 수 없었다.

그래서 은근슬쩍 유키와의 대화 속에서 여자친구인 하츠시로라는 인물이 어떤 사람인지 알아보려고 했다.

"아니, 이것 좀 봐봐, 이 도시락! 여자친구가 만들어준 거야."

알아보려고 했는데, 유키는 먼저 알아서 술술 그녀의 이야기를 털어놓았다.

"여친이 너무 귀여워!"

심지어 매일.

"여친이 말야~."

몇 번이고.

"여친이~."

몇 번이고.

"여친이~!"

……어쩌지. 이 자식 엄청나게 짜증 나는데.

이제 막 실연한 소녀 앞에서 할 소리냐, 이 멍청아. 화가 났지만 유키에게는 자신의 호감에 대해선 일절 이야기하지 않았으니 어쩔 수 없는 이야기였다.

뭐, 그걸 제외하고도 순수하게 성가셨다.

쓸데없이 건강에 좋을 것 같은 수제 도시락 따위 보여주지 말라고. 네 여친님이 요리 잘한다는 건 충분히 알았으니까 조용히 먹으란 말야.

애초에 이 남자, 불과 두 달 전 점심시간에 자신과 이런 대화를 했었다.

"맨날 그 맛도 없는 편의점 주먹밥 두 개랑 차만 먹으면 질리지 않아?"

"밥 같은 건 영양보충이잖아? 맛이 있든 없든 상관없어."

그런 고지식한 소리나 했던 것이다.

그때 가졌던 음식에 대한 철학은 어디로 날아간 걸까.

여친이 직접 만든 도시락을 한 입 한 입 먹을 때마다 풀어지는 그 칠칠치 못한 얼굴에서는 과거의 모습은 눈 씻고도 찾아볼 수 없었다.

'완전히 여친한테 푹 빠졌네.'

오타니는 유키를 보며 감탄했다.

용케 이렇게까지 누군가를 좋아할 수 있구나.

그래서 정작 중요한 그 여자친구 말인데, 아무래도 유키의 모습으로 봐선 특별히 문제가 있어 보이진 않았다. 아니, 오히려 '상당히 좋은 아이'처럼 느껴졌다.

지금은 유키와 함께 살고 있다고 하는데, 그렇게 된 이후부터 유키는 몸도 마음도 상태가 좋아 보였다. 적어도 사귀는 상대에게 스트레스를 주거나 발목을 잡는 타입의 행동은 하지 않는 것 같았.

'……그래서 더 신경이 쓰인단 말이지.'

실력 좋은 사기꾼은 상대방을 속이기 전까지는 보통 사람보다 성격이나 인품이 더 좋아 보이기 마련이다. 유키의 이야기를 듣는 한 하츠시로 코토리라는 소녀는 너무나 좋은 아이였다.

그렇기 때문에 의심이 들었다. 뭔가 속에 감춰둔 문제가 있어서 그런 인간을 연기하고 있는 게 아닌가 하는.

'역시 가능하다면 한번 내 눈으로 확인하고 싶어.'

이렇게까지 마음을 준 상대다. 만약 본질은 터무니없이 못된 여자였다는 결말이 나온다면 충격은 더 클 것이다.

그런 생각을 하고 있는 와중, 기회는 생각보다 일찍 찾아왔다.

◇

"설마 그 녀석네 집에 초대받을 줄은 몰랐는데."

오타니는 그날 학교에서 돌아오자마자 가방을 놓아두고 외출용 가방을 챙겨 유키의 집으로 향했다.

유키 왈, 자신의 여자친구가 워낙 세상일에 낯서니 또래의 동성 친구로서 여러 가지를 알려주었으면 좋겠다, 란다.

그도 그럴 것이 하츠시로라는 소녀는 자신보다 한 살 아래 나이이면서도 화장 종류는 일절 하지 않았고 휴대전화를 가져본 적도 없다고 했다. 입는 옷도 교복 한 벌과 학교 지정 체육복 한 벌로 모두 해결하고 그러면서도 불만 하나 내뱉지 않는다는 것이다.

……아무리 생각해도 너무 수상하다고 오타니는 생각했다.

말도 안 되잖아. 그 로맨스물에나 나올 것 같은 청초계 캐릭터 같은 설정.

백 보 양보해 가정 문제 등으로 멋을 내거나 휴대폰을 갖는 것에 관심이 없었다고 해도, 조금의 화장기도 없는데 엄청난 미소녀라는 것은 이해가 가지 않았다.

미용에 시간이 걸리는 사람과 그렇지 않은 사람의 차이는 확연하다.

물론 본바탕이 가진 영향도 크겠지만, 겉모습이 귀여운 아이라면 다들 나름대로 날마다 노력하고 있는 것이다.

꽃다운 17세 여자로서 남들만큼 신경을 기울이고 있는 오타니의 입장에서는 '아무런 트레이닝도 하지 않고 100미터를 10초대 초반으로 달립니다' 같은 존재는 있을 리가 없다고 생각했다.

뭐, 유키가 그렇게 말하고 있는 것뿐이고 어쩌면 남자친구의 필터가 크게 작용한 것일지도 모르지만…… 어쨌든 수상한 건 수상했다.

어쩌면 그런 것일지도 모른다. 유키가 여자에게 익숙하지 않으니 내추럴한 메이크업을 평소에 빈틈없이 완벽하게 해두고 "난 화장 같은 거 안 했어~ 우홋♡" 같은 말을 하고 있는 건지도 모른다.

아마 유키라면 그 거짓말을 믿을 거라고 확신할 수 있었다.

그 정도로 그 동급생은 지금까지 여자에 대한 흥미도 면역도 없었으니까.

그런 생각을 하며 걷다 보니 유키의 아파트에 도착했다.

"어서 와, 오타니."

유키는 현관 앞에서 기다리고 있었다.

"그러고 보니 안에 들어가는 건 처음이네. 모니터 가져왔을 때 한 번 여기까지 오긴 했는데."

"듣고 보니 그러네."

"자, 불쾌할 정도로 들었던 그 하츠시로라는 사람을 만나러 가 볼까. 네가 항상 귀엽다 귀엽다 시끄러워서 궁금하긴 했어."

뭐, 이미 오타니 안에서는 아직 보지 못한 유키의 여자 친구에 대한 의심은 상당히 깊었다.

만약 변변치 않은 여자라면 유키 앞에서 가식의 탈을 벗겨 주겠어. 응, 그렇게 하자.

"훗, 그 말에 거짓은 없다고……. 누가 뭐래도 하츠시로는 세계 제일 귀여."

"실례합니다."

유키가 다시 자랑을 늘어놓기 시작했고, 이야기가 길어질 것 같다 판단한 오타니는 곧장 안으로 들어갔다.

"듣으라고!!"

옆에 있는 시끄러운 남자는 무시하고 오타니는 현관으로 들어갔다.

그러자 톡톡 걸어오는 사랑스러운 리듬의 발소리가 들려왔다.

그렇게 나타난 것은.

"아, 어서 오세요, 유키 씨."

화장기 일절 없는 검은색 롱헤어 청초 스타일의 초절정 미소녀였다.

'……신이시여.'

오타니는 기독교인도 아닌데 신에게 기도를 드리고 말았다.

뭐야, 이 말도 안 나올 만큼 완벽한 천연 소재는.

100미터 10초대 초반도 아니었다. 9초대, 세계 선수권을 노릴 수 있는 레벨이었다.

특히 피부의 광택이 굉장했다. 건강하고 잡티 하나 없는 비단결 같은 깨끗함이다.

이런 생물이 존재해도 되는 걸까?

"아아, 다녀왔어. 그리고 소개할게. 같은 반인 오타니 쇼코야."

유키에게 오타니를 소개받은 그녀는.

"네, 네에. 처음 뵙겠습니다……. 하츠시로, 코토리…… 예요…….."

자신감 없이 점점 작아지는 목소리로 그렇게 말했다.

그런 연약한 모습까지 겉모습과 완전히 맞아떨어져서 동성인 오타니가 봐도 반박할 수 없을 정도로 귀엽게 느껴졌다.

"……."

"야, 왜 그래?"

……이 SSS 등급의 아이가 이 연애 못 하는 남자의 여친이라고?

세상이 대체 어떻게 돌아가는 거야.

너무나도 큰 충격에 오타니는 입을 딱 벌린 채로 굳어 버렸고, 유키에게 걱정을 받고 만 것이었다.

◇

자기소개를 마치고 오타니는 일단 거실로 들어갔다.

그건 그렇고 여전히 물건이 적은 집이다.

전에 자신이 왔을 때와 마찬가지로 정말 생활에 필요한 최소한의 것들밖에 없는 곳이었다.

그런 생각을 하면서 방에 하나 놓여 있는 테이블에 앉았다.

"오타니 씨, 차 드세요."

유키와 동거 중인 그의 여자친구 하츠시로가 쟁반에 3명 몫의 차를 얹어 가져왔다.

"어머, 세심하네. 정말 훌륭한 여친이야."

게다가 차를 가져오는 움직임이나 테이블에 두는 움직임, 그런 작은 행동 하나하나가 예뻤다. 오타니는 다소 거친 편이기 때문에 더욱 감탄이 나왔다.

"그렇지! 하츠시로는 정말 좋은 여친이라고. 성실하고, 세심하고, 요리도 잘하고."

"……읏."

유키가 그렇게 말하며 칭찬하자 부끄럽다는 듯 얼굴을 붉히며 가져온 쟁반으로 얼굴을 가린다.

……뭐야, 이 귀여운 생물은.

모든 움직임이 여자아이로서 사랑스럽다. 게다가 고의성은 오타니의 눈으로 보아도 1밀리도 느껴지지 않았다.

오타니는 스스로를 상당히 의심이 많은 편이라고 생각해왔다.

사람이 행동을 하면 그 이면에 있는 의도를 늘 생각하는 피곤한 인간이다.

그렇기 때문에 이 짧은 시간에 바로 깨달았다. 하츠시로라는 소녀는 이것이 본바탕이다, 무시무시하게도.

"……여친을 자랑하는 건 좋은데, 칭찬받은 여친님 얼굴은 빨개졌는데?"

오타니가 그렇게 말하자 유키는 비로소 하츠시로가 붉어진 것을 눈치챈 모양이다.

"미안, 미안. 하츠시로. 자랑하고 싶은 마음에 그만."

그렇게 말하고는 유키도 조금 붉어졌다.

"……정말, 유키 씨도 참……."

하츠시로는 한층 얼굴을 붉히고는 찰싹찰싹 유키의 등을 때린다.

그러면서도 그 목소리에서는 감출 수 없는 기쁨이 쏟아져 나오고 있었다.

"……." ← 입을 다문 채로 하츠시로를 힐끔힐끔 보는 유키.

"……." ← 유키와 눈이 마주쳐서 그때마다 부끄러운 듯 얼굴을 돌리는 하츠시로.

'……뭐지, 이 바보 커플은.'

오타니는 다시금 질색했다.

하츠시로가 누구도 인정할 만한 미소녀라는 것은 잘 알았다. 나아가 귀여운 데다 성격도 무척 유순하고 상냥한 아이라는 것도 잘 전해졌다.

유키가 하츠시로를 선택한 것도 어쩔 수 없는 일이라고 생각했다.

하지만 그건 그거대로 웃긴 일이었다.

그나마 하츠시로는 그렇다 쳐도, 유키는 얼마 전까지 학교 제일의 미녀로 불리는 현 학생회장을 보며 흥분하는 남자들을 보고.

『한가한가 보네.』

라며 진지한 얼굴로 참고서를 풀면서 일도양단하지 않았던가.

그때의 너는 어디 갔느냐고, 따지고 싶은 오타니였다.

◇

오타니와 유키와 하츠시로 세 사람은 조금 떨어진 곳에 있는 쇼핑몰에 왔다.

현재 교복과 학교 지정 체육복 한 벌씩밖에 없는 하츠시로의 의복 문제를 해결하기 위해서였다.

"……그건 그렇고 유키의 집을 나설 때는 놀랐지."

오타니는 방금 일을 떠올리며 혼자 그렇게 중얼거렸다.

유키의 집에 들어가 자기소개를 마친 뒤 한동안 오타니는 하츠시로와 대화를 나눴다.

알게 된 것은 역시 이상한 아이는 아니라는 점과 아주 어렸을 때 이후로는 정크 푸드를 먹어본 적이 없다는 점이었다.

정크 푸드 이야기는 상당히 놀라웠지만 오타니가 가장 놀란 것은 그다음이었다.

간단히 대화를 마치고 본격적으로 하츠시로의 옷을 사러 가려고 했을 때의 일이다.

무려 하츠시로는 현관 밖으로 나가려는 순간 그 자리에서 쓰러질 뻔했다.

유키 왈, 하츠시로는 집 밖으로 나가려고 하면 상태가 안 좋아진다고 한다.

그런 만화나 미연시 속 병약캐 같은 설정이 말이 되나, 하고 순간 생각했지만 하츠시로는 정말 안색이 나빴다. 아무리 봐도 연기로는 보이지 않았다.

결국 하츠시로는 유키가 손을 잡아준 뒤에야 용기를 내어 밖으로 나올 수 있었는데, 오타니로서는 역시 놀라울 따름이었다.

'……정말로 있구나. 이런 일이.'

자랑은 아니지만 오타니 쇼코라는 인간은 한 명의 일본 여고생으로서 평범한 삶을 살고 있었다.

그래서 만화나 애니메이션이나 게임 속 세계를 제외하고는 '평범하지 않은' 인간을 본 적이 없었다.

아니, 아버지는 꽤 평범하다고 말하기 어려운 인간이긴 하지만, 적어도 또래의 인간 중에서는 본 적이 없었다.

하츠시로의 평범하지 않은 모습은 쇼핑몰 옷가게에 들어간 뒤에도 전혀 변하지 않았다.

"하츠시로 씨는 어떤 느낌의 옷이 좋아?"

오타니가 그렇게 물어봐도.

"음……."

하츠시로는 난처한 얼굴로 두리번거리기만 했다.

정말로 이런 곳에 와본 적도 없고 자신이 어떤 옷을 입어보고 싶은지 생각조차 못 해본 모습이었다.

이 역시 적어도 오타니의 감각으로 봤을 때는 비정상이었다.

"호오, 히익."

아까부터 알 수 없는 소리를 내며 감탄한 듯 가게 안을 두리번거리는 잿빛 청춘남은 둘째 치더라도 하츠시로는 꽃다운 여고생이다.

도대체 어떻게 살아야 이런 아이가 되는지 오타니는 상상조차 되지 않았다.

그건 그렇고.

하츠시로와 유키에게 옷을 고르게 할 생각이었는데, 두 사람 다 너무 무지해서 그런지 이대로 있다간 아무리 시간이 지나도 고를 수 있을 것 같지가 않았다.

"결말이 안 나겠네……. 저기, 하츠시로 씨. 이렇게 된 거 내가 골라줘도 될까?"

"네? 아, 네. 폐가 안 된다면…………."

"폐라니. 하츠시로같이 귀여운 사람의 옷을 입혀주는 건 꽤 즐겁거든."

게다가 처음으로 꾸며보는 것이라니, 솔직히 꽤 즐거운 작업이 될 것 같았다.

"그, 그럼, 부탁합니다……."

"좋았어, 실력 발휘 좀 해볼까."

오타니는 가게를 둘러보며 눈에 띄는 것을 몇 가지 손에 들었다.

"이거랑, 이거랑, 이것도 좋을 것 같네."

"……그, 그렇게나 많이 사요?"

"어이, 이봐, 오타니. 좀 무리하면 못 살 건 아니지만,

오늘은 산다고 해도 두 벌 정도로만."

"아니, 당연히 입어보려고 집은 거지."

오타니의 말에 "그렇구나"라며 납득한 듯 손뼉을 치는 하츠시로와 유키.

……이렇게 보니 서로 비슷해서 의외로 잘 어울리는 커플일지도 모른다.

그보다 옷을 고를 때 몇 가지 마음에 드는 것을 골라서 입어보는 당연한 흐름을 모른다는 것만 봐도 이런 것에 정말 흥미가 없었다는 사실을 알 수 있었다.

"아, 그보다 유키. 너는 다른 데 좀 가 있어."

"어? 왜?"

"서프라이즈야, 서프라이즈. 예쁘게 입은 모습을 보고 나자빠지는 네 모습을 구경해 줄 테니까. 기대하면서 기다려."

"그, 그렇군. 그건 그거대로 재밌겠네."

"그리고 있어도 방해밖에 안 되거든."

"가차 없구나, 정말!"

그렇게 말하면서도 유키는 주머니에서 작은 참고서를 꺼내 들고 터벅터벅 브랜드 매장을 나섰다.

"……저 녀석, 이런 곳에 와서도 공부할 생각인 건가."

오타니는 어이없다는 듯이 그렇게 중얼거렸다.

"유키 씨답네요."

하츠시로는 입에 손을 얹고 사랑스럽게 웃었다.

여전히 사소한 동작 하나하나가 정말이지 귀여운 소녀였다.

"자, 그럼……."

오타니는 하츠시로 쪽을 돌아보았다.

이제 겨우 하츠시로와 단둘이 되었다.

유키의 집에 있을 때도 둘이서 대화를 나눌 시간은 잠시 있었지만 유키가 신문 권유를 상대하고 있을 때라 언제 돌아올지 모르는 상황이었다.

오타니는 사실 어떤 것을 시도해보기 위해 하츠시로와 정말로 단둘이서 이야기할 수 있는 상황을 기다리고 있었다.

그 어떤 것은 바로.

"그건 그렇고 하츠시로 씨."

오타니는 하츠시로와 전시되어 있는 옷을 번갈아 보며 말했다.

"이렇게 보니까 너무 귀여워. 같은 여자로서 질투나."

"그, 그런가요?"

"정말이야. 피부도 매끄럽고 스타일도 좋고 얼굴도 예쁘고 완벽해."

"그렇게까지 칭찬을 들으니 부끄럽네요……. 그래도 감사합니다."

"정말 유키 같은 사람에겐 아까울 정도야."

"그, 그렇지 않아요."

"아니, 정말로. 방금 봤잖아. 그 녀석 아까도 공부하고 있었지?"

자, 지금부터다.

오타니 본인에게 딱히 기분 좋은 일은 아니었지만 한다면 확실히 하고 싶었다.

"눈치도 없어서 분위기 있는 말도 잘 못하고. 둔하고 섬세함도 없고 얼굴도 하츠시로 씨만큼 잘나지 않았어. 역시 월등히 하츠시로 씨가 레벨이 높다고 생각해."

오타니는 그렇게 말하고 힐끔 하츠시로 쪽으로 시선을 보내며 나올 반응을 기다렸다.

그래, 이것이 오타니가 시도해보고 싶었던 것이다.

남자친구가 없는 곳에서 그녀를 철저히 치켜세우고 남자친구를 깎아내린다. 그러면서 "ㅇㅇ에게 저 사람은 어울리지 않아~"라는 식으로 말하는 것이다.

오타니의 경험상 이렇게 말하면 마음속에 자만심을 품은 여자의 경우 틀림없이 본성을 드러낸다.

속으로 남자를 자신보다 아래로 보며 써먹기 좋은 하인이나 지갑쯤으로 생각한다면, 이 순간 남자친구를 무시하는 발언이나 자신이 얼마나 수준 높은 여자인지를 은연중에 털어놓는 것이다.

'……뭐, 비겁한 짓이긴 하지만.'

오타니는 지금껏 하츠시로와 이야기하여 이 소녀가 나쁜 아이가 아니라는 것을 어느 정도 알고 있었다.

하지만 그래도 어쩌면…… 그래, 만에 하나 그것이 아니라면. 과거 그 사람처럼 유키가 괴로워하는 모습을 볼지도 모른다.

그것만큼은 절대 싫었다.

자, 중요한 하츠시로의 반응은 어떨까.

"……."

하츠시로는 잠시 말없이 오타니 쪽을 쳐다보며 눈을 깜박거리는가 싶더니…….

이윽고.

"……오타니 씨, 진심으로 하시는 말씀인가요?"

조금 전까지 오랜만의 외출에 불안하게 흔들리던 얼굴이 단숨에 험악해졌다.

"유키 씨는 저에게 아까울 정도의 사람이에요. 확실히 좀 둔하거나 여자의 마음을 모르는 부분도 있지만, 모르는 만큼 상대방을 진지하게 이해해 주려는 성실함과 상냥함을 갖고 있어요. 게다가 공부나 일에 최선을 다하는 것도 멋있다고 생각해요. 그 와중에 조금이라도 저와 함께할 시간을 만들기 위해 애써주시고…… 그리고 저는 유키 씨의 얼굴도 정말 좋아해요."

방금까지 어딘가 겁에 질려 떨고 있던 목소리가 아닌, 확신을 갖고 단언하는 듯한 목소리로 하츠시로는 그렇게 말했다.

　"오타니 씨는 유키 씨의 친구죠? 왜 저를 치켜세우기 위해 일부러 그렇게 유키 씨를 비난하는 말씀을 하세요? 그런 칭찬을 들어도 하나도 기쁘지 않아요."

　하츠시로는 오타니의 눈을 보고 확실하게 말했다.

　"눈앞에서 남자친구의 험담을 들으면서 태연히 웃을 수 있을 정도로 저는 성격이 좋지 못해요."

　"……."

　오타니는 무심코 입을 다물고 말았다.

　평소에 정말 그렇게 생각하지 않으면 저렇게 남자친구를 칭찬하는 말이 술술 나올 리가 없다. 게다가 오타니가 자신을 칭찬하기 위해 그런 말을 했다는 것도 알면서, 남자친구를 깎아내린 말에 이 정도로 화를 낸 것이다.

　남자친구가 없는 곳에서 순간적인 연기로 보일 수 있는 태도는 아니었다.

　하츠시로는 오타니 쪽을 똑바로 노려보았다. 아니, 노려본다 한들 본래 눈매가 너무 순해서 그다지 압력은 없었지만.

　'……뭐야, 이 애.'

　오타니는 진심으로 생각했다.

이 아이는…… 정말 좋은 아이다.

자세히 보면 하츠시로는 꼭 쥔 손을 떨고 있었다. 겉모습 그대로 이런 식으로 남에게 강하게 쏘아붙이는 것을 잘 못하는 아이일 것이다.

그럼에도 이렇게 마음을 부딪쳐 온 것이다. 자신이 정말 좋아하는 남자친구를 위해.

"……후후후."

"왜, 왜 웃는 건가요, 오타니 씨. 전 지금 진지하게."

"미안해, 하츠시로 씨!"

오타니는 그렇게 말하며 깊이, 아주 깊이 고개를 숙였다.

"네?"

하츠시로가 놀라서 눈을 깜빡였다.

"사실 난 널 시험했어. 비겁한 짓을 해서 미안해."

"이, 일단 고개를 들어주세요, 오타니 씨."

갑자기 가게 안에서 바닥에 얼굴이 닿지 않을까 싶을 정도로 고개를 숙인 오타니의 모습에 주위의 이목이 집중되고 있었다.

오타니는 하츠시로에게 전부 털어놓았다.

만난 지 얼마 안 된 남자에게 사귀어 달라는 말을 듣고 덜컥 사귀는 여자가 과연 제대로 된 여자일지 믿을 수 없었다는 것.

그러기 위해서 일부러 유키를 낮추는 말을 했다는 것.

"정말로 미안해. 불쾌하게 해서."

오타니는 다시 한번, 이번에는 눈에 띄지 않을 정도로 고개를 숙였다.

"아뇨, 저어, 확실히 걱정하는 마음은 당연하다고 생각해요."

오타니의 사정을 들은 하츠시로는 오히려 어쩔 줄 몰라 했다.

"확실히 생각해 보면 저는 오타니 씨 말대로 만난 지 얼마 안 된 남자와 사귀고 그날 바로 같이 살고 있는 여자니까요. 위험한 사람이 아닐까 걱정하는 마음은 당연하다고 생각해요."

아하하, 하고 미안한 듯 쓴웃음을 짓는 하츠시로.

"그래도 다행이에요. 유키 씨에게 오타니 씨 같은 분이 계셔서."

"그래?"

"유키 씨는 듬직하긴 하지만 조금 과하게 열심히 하는 분이라 걱정이 됐거든요."

"아, 뭐 그렇긴 하지."

"그러니까 오타니 씨처럼 진지하게 걱정해 주는 사람이 있어서 다행이에요."

"……뭐, 1학년 때부터 이어진 인연이니까."

오타니는 스스로 말하면서도 자신 역시 아직 만난 지 1

년밖에 안 됐다는 사실을 깨달았다.

애초에 유키에게 대한 연정을 자각한 것도 만난 지 한 달이 지났을 때쯤이었다. 하츠시로에게 이러쿵저러쿵할 처지가 아니었는지도 모른다.

"……그래서 어땠나요? 오타니 씨."

하츠시로가 조금 불안한 눈으로 이쪽을 쳐다보았다.

"어땠냐니?"

"음, 저기…… 친구인 오타니 씨가 보기에 전 유키 씨의 여자친구로서 괜찮았나요?"

"아아, 그 말이구나."

오타니는 엄지손가락을 치켜세우며 말한다.

"전혀 문제없어. 그보단 오히려 천연기념물 수준으로 좋은 아이였어."

"어? 아, 감사합니다. 음, 하지만 그 정도까지는…….."

당사자는 그런 말을 하며 쑥스러운 듯 쭈뼛쭈뼛 두 손을 문질렀지만, 오타니는 농담 같은 건 하지 않았다.

"하츠시로 씨는 타인의 호의를 올곧게 받아들이고, 같은 호의로 올곧게 보답할 수 있는 사람이야."

"그런가요?"

무엇을 칭찬받는지 잘 모르겠는지 고개를 갸우뚱하는 하츠시로.

그런 몸짓조차 사랑스러워서 저도 모르게 머리를 쓰다

듣고 말았다.

'난 삐뚤어진 인간이라 그런 올곧은 사람을 좋아해…….'

유키도 그랬다. 그래서 좋아하게 된 것이 아닐까.

"정말 귀엽네. 이런 여동생이 갖고 싶었는데…… 아무튼."

오타니는 그렇게 말하고는 하츠시로의 머리에서 손을 떼며 말한다.

"다시 본론으로 돌아와서 옷을 골라보자. 유키 녀석의 혼을 쏙 빼놓을 만한 옷으로 골라줄게. 우선 이거랑 이거랑 이거랑 이거랑 이거 입어봐."

그렇게 말하며 오타니는 손에 든 여러 옷가지들을 하츠시로에게 건넸다.

"사, 살살 부탁드려요……."

"아, 젠장. 이 눈 선이 좀처럼 예쁘게 안 나오네."

오타니는 쇼핑몰에서 나온 뒤 집 근처 찻집에서 동인만화 밑그림 작업을 하고 있었다.

"……후우."

집중이 한번 끊긴 탓에 몸을 펴고 심호흡했다.

하츠시로의 옷을 골라준 뒤엔 마찬가지로 교복과 체육

복만 갖고 있는 유키에게 강제로 제대로 된 옷을 사게 한 뒤 두 사람만을 남겨두고 먼저 쇼핑몰을 떠났다.

지금쯤 둘이서 데이트를 즐기고 있겠지.

'……유키 녀석이 리드를 제대로 할 수 있을지는 모르겠지만, 하츠시로 씨라면 뭘 해줘도 기뻐할 것 같으니까.'

"아, 맞다."

오타니는 스마트폰을 열고 중학교 동창에게 메시지를 보냈다.

상대는 하츠시로가 다니는 아가씨 학교에 고등학교부터 편입한 아이였다. 주변에 부자가 많아 당연하게 명품을 휘두르고 다니다 보니 서민으로서 느껴지는 열등감이 장난 아니라며 푸념을 늘어놓았다.

"너희 학교에 하츠시로라는 애 없어? 1학년인 것 같은데."

오타니는 메시지를 보내고 조금 기다리다가, 회신이 없는 것을 보고 주머니에 넣은 뒤 다시 작업으로 돌아가기로 했다.

그때.

툭, 등 뒤에서 누군가가 어깨를 찔러왔다.

뭐야, 모처럼 다시 집중하려고 했는데.

살짝 짜증 난 마음으로 뒤를 돌아보자.

"안녕, 쇼코."

쓸데없이 상쾌한 미소를 지은 후지이 료타가 이쪽을 향해 윙크하고 있었다.

살짝이 아니라 많이 짜증이 났다.

여전히 쓸데없이 잘생기고 싱글벙글한 열받는 면상이었다.

"어머, 화장실 파리가 여긴 어쩐 일이야."

"너무 심하지 않아?!"

그런 말을 하면서도 후지이는 당연하다는 듯 오타니의 맞은편에 앉았다.

"누가 앉아도 된다고 했어?"

"굳이 말한다면…… 운명이?"

그렇게 말하며 뻔뻔한 표정을 짓는 후지이.

"……."

치익.

오타니는 말없이 가방에서 소독 스프레이를 꺼내 후지이에게 분사했다.

"억! 자, 잠깐, 뭐하는 거야!"

"오물을 소독해야 할 것 같아서."

후지이는 손으로 소독 스프레이를 털어내며 말했다.

"후우, 여전히 신랄하네, 쇼코는."

"……그래서 나한테 무슨 볼일이야?"

오타니는 밑그림 용지에 펜을 넣으면서 물었다.

"딱히 볼일이 없더라도 난 쇼코랑 얘기하고 싶은데. 뭐, 굳이 말하자면."

후지이는 메뉴판을 보면서 말했다.

"……아까 저기 쇼핑몰에서 유키와 유키의 여자친구, 하츠시로 씨를 만났어."

"그래…… 그거 엄청난 우연이네."

후지이에겐 오늘 유키의 여자친구를 만나러 간다는 말은 전하지 않았다. 그러니 정말 우연히 같은 쇼핑몰에 후지이가 있었던 거겠지.

"그건 그렇고 괜찮은 애더라, 하츠시로."

후지이는 쇼핑몰이 있는 쪽을 보면서 그렇게 말했다.

"그래, 맞아."

오타니도 동의하며 고개를 끄덕였다.

"트집 하나라도 잡아볼까 했는데 무리였어."

오타니는 본인이 얼마나 의심이 많은 사람인지 알고 있었다. 그렇기 때문에 납득할 수밖에 없었다.

하츠시로는 정말 엄청나게 좋은 아이다.

"착하고 성격 좋고 사랑스럽고 겉모습까지 완벽한 미소녀…… 나도 저런 애가 정말 현실에 있었을 줄은 몰랐어."

"굉장한 칭찬이네. 아니 뭐, 나도 그렇게 생각하긴 했지만."

"……뭐, 덕분에 오히려 후련해."

"후련해?"

"응. 내가 아무것도 하지 않았으니 자업자득일 뿐이지만. 어쨌든 겉으로만 보면 하츠시로 씨는 내 첫사랑을 빼앗은 상대인 셈이잖아?"

"그렇지."

"그 상대가 별 볼 일 없는 여자였다면 조금은 화가 났을지도 모르지만, 그 정도 레벨의 여자라면 포기할 수밖에 없지. 정작 나 역시 하츠시로 씨가 마음에 들었고. 패배야, 패배. 완전 참패."

그렇게 말하며 어깨를 으쓱하는 오타니.

"⋯⋯그렇구나."

후지이가 작게 고개를 끄덕이며 이쪽을 바라보았다. 잠시 말이 없다 싶더니 그가 다시 입을 열었다.

"응, 그 애는 분명 내 친한 친구를 행복하게 해줄 수 있을 거야. 그 정도로 멋진 아이야."

"그래, 난 그 둘이 영원히 행복했으면 좋겠어."

그렇다기보단 그 두 사람조차 무언가의 이유로 헤어진다면 오타니는 더는 그 무엇도 믿을 수 없게 될 것만 같았다.

"⋯⋯뭐, 난 쇼코가 더 멋지다고 생각하지만! 쪽♡"

후지이가 키스를 날리며 그런 말을 해왔다.

"그러니까 우리도 오래오래 행복하게 함께 살지 않을래?"

"그래, 그래. 농담 잘 들었어."
"거절 방식이 요즘 더 성의 없어진 거 아냐?"

제3화   행복했으면 하는 두 사람

그렇게 하츠시로와 대면한 지 또 한참이 지났다.

오타니는 평소처럼 반쯤 한 귀로 흘리면서 수학 수업을 듣고 있었다.

중학교 때는 수학이 그다지 싫어하는 과목은 아니었는데, 고등학교에 온 뒤부터는 전혀 의미를 알 수 없게 되었다.

이해할 수 없이 움직이는 그래프에 쓸데없이 영어가 들어간 기호. 부탁이니까 숫자만 나와 달라고 말하고 싶을 정도였다.

오타니에게는 무의미한 외국어 주문으로만 들리는 수업을 자신의 앞자리에 앉는 유키는 진지하게 듣고 있었다.

그런 유키의 등을 보면서 그녀는 유키와 하츠시로의 일을 생각했다.

'……뭐, 유키 쪽은 이제 걱정할 필요 없겠네.'

오타니가 보기에도 하츠시로는 무척 좋은 여자친구라고 생각한다. 너무 올곧아서 위태로워 보이는 이 남자에게 그녀의 존재는 좋은 브레이크가 되어줄 것이다.

반대로 걱정이 된 것은 하츠시로 쪽이다.

'……옷을 입어보려고 했을 때 보였던 그 상처, 꽤 놀랐지.'

요전 날 쇼핑몰에서의 일이었다.

오타니의 급조된 시험을 하츠시로가 가볍게 통과한 뒤, 둘이서 하츠시로의 옷을 고르는 와중 탈의실에 들어간 하츠시로에게 옷을 건네주다가 우연히 보게 된 것이다.

평소에는 옷으로 가려져 있던 부분에서 보인, 생생한 상처.

어떤 스포츠나 사고로 입은 것과는 다른, 확연한 의도를 가지고 여러 번에 걸쳐 새겨진 상처였다.

오타니는 그 상처에 대해 묻지 않았다.

다만 유키와의 만남은 궁금했기 때문에 물어보니, 무려 투신을 하려다가 유키의 도움을 받았다고 한다.

평소의 오타니였다면 "어디의 에로 만화 이야기?"라고 되물었을 것이다.

하지만 그렇게 생생한 상처를 봤다. 밖에 나가려고만 해도 컨디션이 안 좋아지는 것도 그렇고 사람들이 지나갈 때마다 움찔 놀라는 것도 알고 있었으니 아마 정말 그러지 않았을까 하고 납득했다.

'대체 어떤 삶을 살아왔길래…….'

오타니와 같은 보통 사람은 자살할 정도의 괴로움을 쉽사리 상상할 수 없었다.

뭐, 아마 학교에서의 왕따 문제가 아닐까 하는 예상은 하고 있었다. 하츠시로는 그런 분위기를 갖고 있으니 동급생과 쉽게 소통하기 어려웠을 것이다. 아가씨 학교라는 것은 폐쇄적인 공간이니 왕따가 심해졌을 수도 있겠지.

그래서 지금 그녀와 같은 중학교였던 친구에게 하츠시로에 대해 알아봐달라고 부탁한 것이다.

하츠시로는 무척 솔직하고 착한 아이니까.

만약 하츠시로의 힘이 될 수 있는 일이 있다면 오타니는 도와주고 싶었다.

"……보고는 아직인가."

오타니는 몰래 스마트폰을 꺼내 메시지 앱에서 그 친구의 아이콘을 눌렀다.

대화는 상대가 『알았어. 알아볼게』라고 말한 것으로 끝났다.

◇

다시 돌아와서.

친구의 보고는 여전히 없었고, 얼마 지나지 않아 유키와 하츠시로 주변의 사정이 조금 변화했다.

변화라고 해도 충분히 예상할 수 있는 것이었다. 유키가 학생인 이상, 그리고 학업 성적에 따라 지금의 생활을 유지하고 있는 이상 당연히 다가올 문제였다.

즉, 정기 고사가 다가온 것이다.

"후……."

유키는 오전 마지막 수업이 끝나자마자 등받이에 기대 크게 숨을 내쉬었다.

요즘 유키는 점심시간이 되자마자 "좋았어! 하츠시로 도시락이다!"라며 충격파가 발생하지 않을까 싶을 정도의 속도로 책상 위에 도시락을 펼쳐놓았는데, 오늘은 그럴 기운조차 없어 보였다.

"상당히 무게감이 느껴지는 한숨이네."

"음, 요즘 잠을 많이 못 자서."

그렇게 말하며 느릿느릿 도시락을 펴는 유키.

"잠은 잘 자두라고 전부터 말했잖아."

"……그렇긴 한데. 역시 시험 직전인 만큼 더 철저하게 해두고 싶어. 돈을 생각하면 특대생에서 떨어질 수는 없으니까."

"뭐, 그렇지."

유키는 특대생으로서 학교에서 드는 비용 일체와 집세를 학교에서 보조받고 있었다. 이 최고 등급의 유지 조건은 정기 테스트에서 매번 5등 이내에 드는 것이다.

유키의 경제 상태를 생각했을 때 한 번이라도 떨어지면 생활에 큰 지장이 갈 것이다.

"그리고 평소에는 뒤쪽 범위를 공부하고 있으니까."

"아아, 하긴."

유키는 수험에 대비해 선행 학습을 하고 있었고, 당연히 시험 범위는 2학년이 현재 수업을 듣는 범위였다.

시험이 다가오면 교사 수업에 귀를 기울이긴 하지만 평소에는 거의 듣지 않고 본인이 산 3학년 범위의 문제집을 묵묵히 풀고 있었다는 거다.

그렇게 앞서 진행하고 있는 만큼 막상 학교 시험이 닥치면 다시 공부해야 하는 부분도 생기겠지.

"뭐, 열심히 하는 건 좋은 일이지만……."

그랬다. 시험 전에 유키가 이 상태인 건 늘 있는 일이다.

다만 이번에는.

"하츠시로 씨와의 시간은 잘 보내고 있어?"

"……아, 응, 솔직히 줄어들었어."

유키는 그렇게 말하며 머리를 긁적였다.

"그렇겠지. 넌 시험이 가까워지면 하교 시간 직전까지 자습실에 틀어박히니까."

"맞아. 빨리 또 코토리랑 느긋하게 지내고 싶어. 코토리도 좀 쓸쓸해 보이고."

그렇게 말하며 턱을 괴는 유키.

"……아니, 뭐, 나랑 지낼 수 있는 시간이 줄어들어서 우울해하는 모습을 보면 조금 기쁘기도 하지만."

"기운이 없을 때도 애인 자랑을 잊지 않는 그 근성에 고개가 절로 숙여지네."

오타니는 평소처럼 매점에서 산 빵을 먹으며 그렇게 말했다.

◇

"……하츠시로 씨, 괜찮을까."

방과 후.

오타니는 해가 지기 시작한 귀갓길을 혼자 걷고 있었다.

낮에 유키에게 들은 이야기에 의하면 그가 집에 돌아가는 시간이 상당히 늦어졌다고 한다. 돌아가면 남은 것이라고는 밥을 먹고 잠을 자는 것뿐.

하루 중 제대로 얘기할 수 있는 시간은 정말 몇 시간이 될까 말까 한 것이다.

하츠시로는 좋은 아이다.

오타니가 지금껏 만나본 적 없을 정도로.

'……그래서 더 걱정이란 말이지.'

하츠시로는 유키를 정말 좋아하고 있고, 그의 존재를 마음의 버팀목으로 삼고 있다.

아직 무슨 일이 있었는지는 알 수 없다. 하지만 굉장히 고통스러운 과거를 끌어안고 스스로 목숨까지 끊으려 했던 그 아이가 저렇게 웃을 수 있게 된 것은 틀림없이 유키의 존재 덕분이겠지.

그런 만큼 유키와 보낼 수 있는 시간이 줄어들어 더 불안하지 않을까.

"다녀왔습니다."

그런 생각을 하고 있으니 어느새 집 현관에 도착해 있었다.

"아, 어서 오렴."

집에 들어가 거실로 가니 유타가 직접 커피를 내리고 있었다.

"어? 별일이네. 이 시간에 아빠가 거실에 다 있고."

특히 오늘은 마감 하루 전이라 평소 같으면 숙식도 잊은 채 방에 틀어박혀 있어야 정상인데.

"아, 사실 이번엔 오랜만에 원고가 빨리 끝났거든."

유타는 평소 상냥하긴 해도 어딘가 긴장감 어린 표정을 짓고 있는데, 지금은 무척 밝았다.

"정말 오랜만이네. 이 정도로 빨리 마감한 건…… 어? 정말 언제 이후지?"

"음, 노리코 씨와의 신혼여행 때 무리하게 마감한 후로 처음이니까 2년 만?"

"정말 오랜만이구나."

하아, 하고 어이없다는 듯 한숨을 내쉬는 오타니.

소년소녀들이 한 번쯤은 동경할 법한 인기 만화가지만 현실은 이 정도로 하드하다. 아니, 유타는 붓이 느린 편인 것 같긴 하지만.

"오랜만에 하루 쉬게 됐는데, 모레 노리코 씨랑 셋이서 어디 나갈까?"

"난 특별히 계획 없으니까 괜찮아. 어디 갈 건데?"

"거기 갈까 하는데. 쇼코가 중학교에 들어간 후로는 간 적 없긴 한데, 그 놀이공원…… 으음, 이름이 뭐였더라?"

유타가 그렇게 말한 순간 오타니의 눈썹이 움찔했다.

"……아카츠키 센트럴 파크."

"그래, 맞아. 거기. 꽤 오랫동안 안 갔는데도 잘 기억하고 있네."

"그야……."

당연히 기억하고 있을 수밖에.

거긴 늘 유타와 그 사람과 셋이서 가던 곳이니까.

그 웃기지도 않은 여자랑…….

"안 가……."

"어, 왜 그러니? 옛날에는 좋아했잖아. 하긴, 애들이 가는 곳이니 지금은 좀 그럴지도 모르겠구나."

"아빠야말로 태연히 가자는 말이 나와? 그 사람과 자주 갔던 장소를……."

오타니는 손을 꽉 쥐며 말했다.

"쇼코……."

유타는 오타니의 말뜻을 이제야 알아차렸는지 미안한 표정을 지어 보였다.

"난 이만 방으로 갈게. 원고하느라 수고했어."

오타니는 그렇게 말하고 조금 빠른 걸음으로 거실을 빠져나갔다.

계단을 올라 자신의 방에 들어가자마자 문을 거칠게 닫고는 책상 앞에 놓인 의자에 거칠게 주저앉았다.

"……하아. 불쾌한 기억이 떠올랐어."

그렇게 말하며 깊은 한숨을 내쉬었다.

"아빠한테는 미안한 짓을 했네."

나중에 제대로 사과하고 다른 곳이라면 얼마든지 같이 가자고 말해줘야지.

아아, 이럼 안 되는데.

그 사람 이야기만 나오면 감정적으로 변해 버린다.

"하츠시로 씨를 쓸데없이 걱정하는 것도 이것 때문이겠지."

하츠시로는 너무 착하다.

그리고 유키를 정말 좋아하고 그 존재를 마음의 버팀목으로 삼고 있다.

굉장히 고통스러운 과거를 끌어안고 스스로 목숨을 끊

으려 했던 그 아이가 저렇게 웃을 수 있게 된 것은 유키 덕분이겠지.

그런 만큼 유키와 보낼 수 있는 시간이 줄어들어 더 불안하지 않을까.

만약에.

만약에 말이다.

그 외로움이 한계를 넘어선다면

──에겐 말이지, ──이 제일 중요해.

"……칫."

불현듯 그 사람의 말이 떠올라서 벽을 발로 찼다.

"……하츠시로 씨는 그런 애가 아니라는 건 알고 있지만."

'그 사람'이란 모친을 말한다.

현재 아버지의 아내인 노리코가 아니다.

오타니 쇼코를 낳은, 혈연관계의 엄마를 말했다.

『여자에겐 말이지, 사랑이 제일 중요해. 내 아이니까 쇼코도 머지않아 알게 될 거야.』

그러니까 어쩔 수 없는 일이야, 용서해줘.

그것이 오타니 쇼코의 모친이 남긴 마지막 말이었다.

아버지와 자신을 버리고 바람둥이인 열다섯 살 연하 남자와 집을 나간 그 멍청한 인간은 그런 웃기지도 않는 논리로 자신은 아무 잘못이 없다고 진심으로 생각하던 여자였다.

당시 오타니는 아직 초등학교 5학년이었지만 솔직히 '이 여자는 정말 자기 생각밖에 안 하는구나'라고 생각했던 기억이 난다.

이혼할 때 벌였던 여러 재판에서는 외도의 이유로 "일만 하느라 자신을 사랑해 주지 않았기 때문"이라며 눈물을 흘리며 말했지만, 애초에 아버지는 사귈 당시부터 만화가로서 매일 일에 쫓기고 있었으니 그런 것은 처음부터 알고 있었을 것이다.

그런 와중에도 아버지는 가끔 시간이 나면 자신이나 모친과 쇼핑을 가곤 했다.

심지어 그녀 본인은 틈만 나면 그 남편이 번 돈으로 오타니를 두고 놀러 다녔고, 그러다가 만난 남자에게 본인이 먼저 접근했다고 하니 뻔뻔함도 이쯤 되면 예술의 경지였다.

덤으로 딸의 친권을 아버지 쪽에 넘기는 조건으로 상당한 액수의 금전을 요구해 왔다고 하니 더 말할 필요도 없었다.

그런 한심하고 이기적인 여자가 마지막으로 자신에게

남긴 말이 바로 그것이었다.

어이없어서 웃음도 나지 않았다.

모친과의 이혼 소동이 있고 나서 아버지가 힘들어하는 모습은 차마 눈 뜨고 보기 힘들 정도였다.

그런 인간 쓰레기 같은 여자와 피가 이어져 있다는 생각만으로도 구토가 나왔다.

오타니에게 모친이란 그런 존재였다.

오타니는 자신의 모친을 진심으로 쓰레기라 여겼고, 그녀가 하는 말은 거의 모두 자신을 합리화하기 위한 궤변이라고 생각했다.

그래도 백번 양보해서.

아니, 무한대의 무한대 승수를 양보해서 만약 그 여자 말에 일리가 있다고 한다면.

남편이 일만 해서 외로웠다.

그건 정말 그럴 수도 있다고는 생각한다.

확실히 아버지는 대부분의 시간 동안 집에서 원고에 매달려 있었고 오타니와 놀러 간 기억도 손에 꼽을 정도였다(그래도 모친보다는 있지만).

솔직히 오타니로선 그런 마음은 잘 모르겠지만, 자신의 남편이나 남자친구가 함께해주지 않는다는 건 일반적인 여자에겐 괴로운 일이라는 것 정도는 알고 있었다.

지금의 유키와 하츠시로의 관계는 자신의 부모님의 상

황과 비슷하다.

유키가 시험 공부에 몰두하며 하츠시로와 보내는 시간이 상당히 적어졌다.

물론 하츠시로는 그 쓰레기 따위와는 비교할 수 없는 좋은 아이였고, 진심으로 유키를 좋아하는 것 같았다. 유키라는 존재가 있었기에 힘든 과거를 안고도 그렇게 웃는 얼굴로 지낼 수 있는 것이겠지.

그렇기 때문에 유키와 함께 보내는 시간이 줄어들면서 그것이 불안함으로 이어지지 않을까 한 것이다.

만약 그 불안이나 외로움이 한계를 넘어선다면.

저 아이라도 자신의 모친처럼 어디론가 가버리는 것은 아닐까?

그런 말도 안 되는 불안감이 시간이 지나도 머리에서 떠나질 않았다.

오후 7시.

오타니는 해가 진 거리를 어슬렁어슬렁 걷고 있었다.

유타와의 대화에서 불쾌한 인간이 떠오른 탓에 기분 전환을 위해 단골 서점에 가기 위해서였다.

이럴 때 집에서 스마트폰 같은 것을 뒤적이다 보면 괜

스레 더 기분이 울적해진다.

그래서 일부러 실제 매장을 방문하는 것이다. 서점 탐색은 오타쿠의 아웃도어 쇼핑이라고 오타니는 생각했다.

그런데.

"……마땅한 신간이 나오진 않았네."

이런 날 한정으로 표지나 제목이 끌리는 신간이 나오지 않았다.

그렇게 아무런 성과 없이 되는대로 걷다 보니 한 슈퍼 앞에서 걸음이 멈췄다.

"아, 그러고 보니 야식용 초콜릿이 많이 줄어들었지."

오타니는 밤에 만화를 그리거나 할 때 입이 심심해서 자주 야식을 먹는데, 자꾸 그러면 비만의 원인이 될 것 같아 야식으로 먹기 적당한 것을 찾아보았다.

그러다가 찾게 된 것이 카카오 비중 70퍼센트인 초콜릿이었다.

일반 초콜릿과 달리 단맛도 적으면서도 만족감이 나쁘지 않아서 괜찮은 발견이라 생각하며 최근에 자주 먹고 있었다.

이 사실을 유키에게 말했더니 "하지만 30퍼센트엔 설탕 같은 게 들어 있다는 거지? 너무 많이 먹으면 결국은 살이 찌지 않을까?"라고 말하길래 발을 힘껏 짓밟아줬다.

정론은 때때로 사람을 극도로 짜증 나게 하기도 한다.

"……어라?"

오타니가 슈퍼에 들어서자 익숙한 인영이 보였다.

부러울 정도로 결 좋고 예쁜 검은 머리의 소녀, 하츠시로다.

가까이서 보면 굉장한 미소녀인데 특별히 치장하지 않아서 그런지 좀 수수해 보인달까, 인파 속에 있으면 의외로 눈에 띄지 않는 편이었다. 뭐, 그게 또 자연스러운 느낌이라 매력적이지만.

"혼자 나올 수 있게 됐구나."

저번에 만났을 때는 유키의 손을 잡고 가까스로 밖에 나온 느낌이었는데, 이제는 이렇게 혼자 쇼핑도 하러 나올 수 있을 정도로 발전한 것 같았다.

"하츠시……."

오타니는 말을 걸려고 하다가 무심코 멈췄다.

왜 그랬을까?

아마도 겁이 났을 것이다.

지금 말을 걸어 하츠시로와 대화한다면 분명 화제는 유키가 되겠지.

그렇게 됐을 때, 만약 하츠시로가 지금 시험공부로 바빠진 유키에 대해 자신의 모친과 같은 불만을 말한다면?

……그것은 한번 하츠시로를 신용했기 때문에 받아들이고 싶지 않은 일이었다.

하지만 인생이란 뜻대로 되지 않는 법이다.

"아, 오타니 씨. 안녕하세요."

하필 이런 생각을 했을 때 하츠시로가 이쪽을 알아보고 먼저 말을 걸어온 것이다.

이쪽으로 걸어오더니 오타니가 손에 든 봉지를 보고는 말한다.

"초콜릿 좋아하세요?"

편안한 미소로 그런 질문을 해오는 하츠시로.

이 아이는 초면인 상대에겐 낯을 많이 가리는 성격이다. 이런 미소를 지어 준다는 것은 자신을 신뢰해 주고 있다는 증거겠지.

"응, 맞아. 야식으로 자주 먹거든. 하츠시로 씨는 저녁 장 보러?"

오타니와 달리 하츠시로가 손에 든 바구니에는 여러 가지 식재료가 들어 있었다.

"네. 유키 씨가 요즘 늦게 돌아오셔서 이 시간에 만들기 시작해도 늦지 않거든요."

"……그래."

역시 유키의 화제가 나왔다.

오타니는 말을 돌리고 곧바로 이 자리를 떠나려고 했지만.

"저기, 하츠시로 씨. 역시 요즘 유키와 보내는 시간이 많이 줄었지?"

바뀌지 않는 천성이랄까. 역시 이럴 때 사실을 확인하고 싶어지는 것이 오타니 쇼코라는 여자였다.

"……그렇죠."

하츠시로는 조금 전보다 더 힘없는 목소리로 그렇게 말했다.

"외롭지 않아?"

"……음……."

오타니의 물음에 하츠시로는 조금 난처한 표정을 짓더니.

"네, 외롭지 않냐고 하면 역시 외로워요."

아, 역시 그렇겠지.

오타니는 그렇게 생각했지만.

"……하지만 그게 유키 씨니까요."

하츠시로는 자랑스러운 듯 그렇게 말했다.

"지금의 생활을 유지하기 위해, 그리고 장래의 꿈을 위해 유키 씨에게 얼마나 많은 노력이 필요한지는 저도 나름대로 알고 있어요. 알고 유키 씨와 사귀고 있는 거니까요. 유키 씨가 그걸 위해 얼마나 희생해 왔는지는 저로서는 상상할 수밖에 없지만요."

하지만, 하고 하츠시로가 말을 이었다.

"그래서 서투르고 지나치게 열심히 하는 그 사람이 더

많이 행복했으면 좋겠어요. 열심히 한다면 열심히 한 만큼 행복해졌으면 좋겠어요."

"……하츠시로 씨."

그리고 하츠시로는 사랑스러운 미소를 지으며 이렇게도 말했다.

"게다가 푹 빠져서 열심히 하는 남자는 멋있잖아요? 그렇게나 든든한 사람은 없을 거예요."

"……."

오타니는 눈이 부실 정도로 상냥한 그 미소를 한동안 말없이 바라볼 수밖에 없었다.

'……아아.'

두 사람이 행복했으면 좋겠다.

오타니는 진심으로 그렇게 생각했다.

그것은 오타니가 자신의 모친에게선 끝내 듣지 못한 말이었으니까.

이 아이는 유키 녀석이 어떤 마음으로 노력하고 있는지 제대로 이해하고 있다. 그리고 그것으로 인해 자신과의 시간이 줄어들고 있다는 것도.

그 모든 것을 알고 그런 유키에게 어떻게 하면 기쁨을 줄 수 있을지를 늘 생각하고 있는 것이다.

유키의 행복을 정말 자신의 기쁨으로 생각하고 있었다.

이건 이미 연애나 그런 차원의 이야기가 아니다. 아마

사랑이라든가 더 깊은 무언가겠지.

그것을 눈앞의 소녀는 가지고 있었다. 자신과 다를 바 없을 정도의 나이에.

'……그래. 나약한 건 내 쪽이었구나.'

오타니는 자신을 돌아보며 생각했다.

모친과의 그 일 이후 자신은 '사랑' 같은 것을 믿지 못하게 되었다.

그래서 항상 남의 속내를 읽으려고 했다.

어쩌면 눈앞의 상대가 자신을 배신하진 않을까 두려워하고 있었던 것이다.

하지만 눈앞의 소녀는 그런 생각을 하지 않는다.

사랑하고 싶은 사람이 있다면 그 인간의 좋은 점도 나쁜 점도 전부 알고 난 후 그저 사랑한다.

그럴 줄 아는 강한 아이다.

이런 강한 아이의 걱정을 자신 같은 겁쟁이가 하다니 적반하장도 유분수다.

"……굉장하네. 하츠시로 씨."

"네?"

"넌 정말 대단해. 존경스러워. 진심으로."

"어? 아, 네. 감사합니다?"

왜 그렇게까지 칭찬해주는 것인지 잘 모르겠다는 얼굴로, 하츠시로는 난처하게 고개를 숙여 보였다.

◇

"……후우."

오타니가 집에 돌아온 것은 완전히 어두워진 후였다.

그 후 잠시 하츠시로와 이야기를 나누었다. 이야기 내용은 별것 없는 것이었지만 그래도 하츠시로가 잘 들어줘서 즐거운 시간을 보낼 수 있었다.

정말 생각할수록 좋은 아이라고 생각하는 오타니였다.

그런 생각을 하면서 불이 켜져 있는 거실을 들여다보자.

"아아, 어쩌지. 쇼코에게 분명 미움받았을 거야."

오타니 본인이 들여다보고 있는 것도 모르고 책상에 팔꿈치를 짚은 채 머리를 싸매고 있는 유타와.

"그렇게 기죽을 것 없다니까요. 쇼코는 그런 걸 마음에 담아둘 만한 아이가 아니니까요."

그것을 달래주는, 지금 아버지의 아내 노리코가 있었다.

"그런가……? 하지만 아까 나 일 끝난 지 얼마 안 돼서 목욕도 며칠째 못한 상태라 분명 냄새도 났을 거야."

"그것도 이미 익숙할 거예요."

마치 선생님에게 혼난 아이처럼 풀이 죽은 유타를 노리

코가 부드러운 목소리로 위로하며 달래주듯 머리를 쓰다듬고 있었다.

"……."

오타니는 다시 한번 두 사람을 보았다.

화목한 모습이었다.

유타는 약간 아이처럼 노리코에게 어리광을 부리고 있었고, 노리코는 그런 유타를 어쩔 수 없다는 듯이 웃는 얼굴로 받아주고 있었다.

그 광경은 아버지가 재혼한 후, 노리코가 집에 온 후 여러 번 본 광경이었다.

그리고 그런 일상 속에서, 전 부인에게 배신당한 충격으로 크게 상심했던 유타도 조금씩 기운을 되찾아갔다.

하지만.

오타니는 지금까지는 이런 화목한 모습을 보고도 노리코를 믿을 수가 없었다.

아무리 사이가 좋아 보여도, 상대방을 사랑하는 것처럼 보여도 친부모처럼 언젠가 아버지를 배신하고 상처를 주지 않을까 하는 생각이 들었던 것이다.

보통은 눈앞의 이런 광경을 보면 그런 일은 없을 거라고 생각했을 텐데.

하지만 오타니는 방금 그 소녀에게 깨달음을 얻었다.

세상에는 진심을 다한 진짜 '애정'을 갖고 있는 사람이 있다.

그 사실을 알았다.

지금이라면 오타니 역시 이 화목한 광경을 보고 제대로 느낄 수 있었다.

유타와 노리코 사이에는 제대로 된 사랑이 있다는 것을.

'……후우. 학교에서도 유키한테 여친 자랑을 듣는데, 집에서도 부모님이 꽁냥대는 모습을 보다니.'

정말이지 자신의 주위에는 사랑에 푹 빠진 사람들이 많구나. 또 한 사람, 매일같이 고백해 오는 남자를 떠올리며 오타니는 작게 웃었다.

"……다녀왔습니다."

"쇼, 쇼코?!"

"어머, 어서 오렴."

갑자기 거실에 나타난 오타니로 인해 유타는 허겁지겁 움직이다 의자에서 굴러떨어질 뻔했고, 노리코는 딱히 놀란 기색 없이 평소처럼 웃는 얼굴로 오타니를 맞이했다.

"저기…… 모레 일 말인데, 그러니까…… 내가 생각이 짧아서…… ."

띄엄띄엄 힘겹게 말을 잇는 유타를 보고.

"아까는 미안했어, 아빠."

오타니는 단도직입적으로 그런 말을 꺼내며 고개를 숙였다.

"……어?"

"모처럼 오랜만에 맞은 휴일이라 가족끼리 어디 가자고 말해준 건데, 마음에 좀 안 든다고 심한 말을 했어. 미안해."

자신이 사과해야 하는 쪽이라고 생각했던 걸까. 유타가 곧바로 입을 열었다.

"어, 아, 아니, 나야말로. 그러니까, 내 안에서는 이미 끝난 일이라서 그만……. 하지만 쇼코도 그렇게 생각하고 있는 건 아니잖니……."

참 사람 좋은 아버지라고 오타니는 다시 한번 생각했다.

그 정도의 일을 당했는데 이미 끝난 일로 생각할 수 있다니.

"하지만 역시 거긴 가고 싶지 않아. 다른 곳이라면 어디든 상관없어."

"그, 그래?! 좋아, 그럼 어디로 할까?"

으음, 하고 신음하며 고민하는 유타. 하지만 좀처럼 떠오르지 않는 것 같았다.

그때.

"그럼 등산을 가죠."

생긋 웃는 얼굴로 두 손을 모으면서 그렇게 말하는 노리코.

"아……."

"아……."

인도어파인 부녀가 동시에 불만 섞인 목소리를 냈다.

"뭐예요, 둘 다 그 반응은? 등산이 얼마나 좋은 건데요."

노리코가 볼을 부풀리며 말했다.

"일상에서 벗어나 자연 속의 경치를 바라보며 천천히 걷는 거예요. 물론 피곤하긴 하지만 정상에서 먹는 도시락이 얼마나 맛있는데요."

게다가, 하고 노리코는 두 사람을 보며 말한다.

"유타 씨도 쇼코 씨도 평소 운동이 부족하니까 이럴 때 정도는 움직이지 않으면 병에 걸릴지도 몰라요."

정곡을 찌르는 말에 아무런 대꾸도 하지 못하는 오타니와 유타.

대부분의 시간을 작업실에서 지내고 있는 유타는 물론이고 오타니 역시 오늘처럼 서점 순례 등을 할 때를 제외하면 대체로 집에서 누워 소설이나 애니메이션이나 만화를 보고 있었다.

"……뭐, 그 외에 딱히 가고 싶었던 곳도 없으니까."

오타니는 한숨을 쉬면서 그렇게 말했다.

"아…… 쇼코 너마저."

2 대 1이 되었지만 아직 저항의 의지를 보이는 유타.

'아니, 아빠야말로 운동이 필요하잖아.'

오타니는 속으로 투덜거렸다.

"결정이네요. 그럼 도시락에 기합을 넣어서 만들어볼까요? 자아, 유타 씨도 그렇게 풀 죽지 말고요. 좋아하는 닭튀김 많이 넣어줄 테니까요."

"닭튀김이라. 뭐, 그렇다면야…… 쇼코, 여차할 땐 날 업고 가줘."

"노인들이 젊은이들에게 부담을 지우는 사회는 침체될 뿐이야. 그러니 알아서 걸어."

오타니는 냉정하게 그렇게 쏘아붙이더니 한번 바닥에 놓은 가방을 다시 들었다.

"어머, 방으로 돌아가니? 저녁은?"

노리코의 말에 오타니는 쳐다보지 않은 채 답했다.

"오늘은 별로 배 안 고프니까 됐어. 이제 씻고 잘래."

"그래? 그럼 쇼코 몫은 냉장고에 넣어둘 테니까 내일이라도 먹으렴."

"응. 그럼……"

오타니는 거기까지 말하고는 잠시 멈췄다.

"왜 그러니?"

노리코가 오타니의 등에 그렇게 물었다.

"저기, 그……."

"?"

"안녕히 주무세요, 엄마."

오타니는 처음으로 노리코를 그 호칭으로 불렀다.

"그럼 난 이만."

어쩐지 그 자리에 있기 힘들어진 오타니는 빠른 걸음으로 거실을 빠져나갔다.

자신의 방으로 올라가는 계단 중간에서.

"들었어요, 유타 씨?! 방금 들었어요?!"

드물게 노리코가 소리 높여 떠드는 소리가 들려왔다.

"너무 좋아하잖아."

이럴 줄 알았으면 진작 불러줄 걸 그랬다.

"……고마워, 하츠시로 씨."

오타니는 그렇게 중얼거리더니 자기 방으로 들어갔다.

"아아, 젠장. 온몸이 욱신거려……."

오타니는 아픈 몸을 질질 끌며 걷고 있었다.

오늘은 약속했던 오타니 집안의 등산 날이었다.

이른 아침부터 도시락을 만들며 신이 난 노리코와는 대조적으로 인도어 부녀는 눈앞에 우뚝 솟은 산을 보고 시작부터 질색했지만, 걷다 보니 기분이 괜찮아졌다. 평소 블루라이트 화면만 봐서 그런지 간만에 보는 자연경관은 좋은 기분 전환이 되어주었다. 무엇보다 정상에서 먹은 노리코의 도시락은 지금까지 중 최고로 맛있었다. 역시 배고픔과 피로가 최고의 조미료라는 사실을 깨달았다. 유타도 맛있다며 그가 좋아하는 닭튀김을 우걱우걱 입에 집어넣고 있었다.

그래서 불평하면서도 결국 등산을 즐긴 오타니였지만, 돌아오는 차 안에서 지쳐서 잠에 들었다가 깬 뒤 비극은 찾아왔다.

평소 운동 부족인 인간이 분위기에 휩쓸려 본인의 체력한계를 넘어선 운동을 했을 때 치르게 되는 대가.

즉…… 근육통이다.

하반신 전체가 뼈나 힘줄 같은 게 망가진 게 아닐까 싶을 정도로 아팠다.

지금도 걸을 때마다.

"아야야야야."

하고 중년의 아저씨처럼 볼품없는 목소리의 신음이 절로 나왔다.

"젠장, 역시 운동을 하는 게 아니었는데……."

악담을 퍼붓는 오타니.

온몸이 비명을 지르고 있는 오타니가 왜 굳이 등산을 마치고 돌아와 피로에 절은 상황에서도 밤거리를 걷고 있는가. 그것은 단골 서점에 가기 위해서였다.

오늘은 최근 오타니가 즐겨 보는 소설의 발매일이었다.

요즘은 군이 서점에 사러 가지 않아도 인터넷으로 예약 주문하면 그만이지만, 오타니는 서점에서 사 온 뒤 읽는 과정 자체가 좋았다.

게다가 물건에 따라서는 발매일에 도착하지 않는 경우도 있다. 그렇게 되면 발매일보다 더 늦게 작품을 읽게 되고 그것은 팬에게는 죽음이나 다름없는 일이다(편견).

또한 아버지가 만화가이다 보니 발매일에 서점에서 구입하는 것이 단행본의 평가 기준에 큰 영향을 미친다는 사실을 알고 있다는 것도 이유였다.

그래서 무거운 몸을 이끌고 오타니는 서점으로 향한 것이다.

가까스로 원하는 장소에 도착해 진열된 책 한 권을 손에 들고 계산대로 가져가 무사히 구입을 마쳤다.

"후후후후."

신간을 손에 쥔 고양감으로 약간 수상쩍은 웃음을 짓는 오타니.

근육통의 아픔도 거짓말처럼 사라졌다.

……아니, 거짓말이다. 평범하게 욱신거린다.

평소 같으면 조금 빨리 걸어가던 길을 오늘만큼은 거북이처럼 느릿느릿한 속도로 돌아갈 수밖에 없었다.

그렇게 어기적어기적 집으로 걸어가는 길에.

"왜 그래, 오타니? 스타ㅇㅈ에 나오는 금색 로봇처럼

걷고 있네."

아르바이트가 끝난 것인지 작업복을 입은 유키가 그곳에 서 있었다.

◇

유키가 사는 아파트는 오타니의 집과 서점의 딱 중간쯤 되는 위치에 있다.

그래서 돌아오는 길을 자연스럽게 함께 가게 되었다.

유키는 근육통으로 어색하게 걷는 오타니의 페이스를 배려해 천천히 걸어주었다.

그러고 보니 이런 배려도 할 줄 아는 남자였지. 그런 생각을 하는 오타니.

예전에는 가끔 같이 갔었는데 요즘은 그런 일도 사라졌다.

"그나저나 시험 기간에도 일이라니 고생이네."

작업복을 입은 유키를 보고 오타니가 그렇게 말하자.

"뭐, 꼭 해야만 하는 거니까. 이래 봬도 시간은 줄였어."

유키는 아무렇지도 않다는 듯이 그렇게 말했다.

하지만 유키가 하고 있는 일이 아무것도 아닌 게 아니라는 것은 평화롭고 느긋한 고등학교 생활을 하고 있는 오타니조차 알 수 있었다.

아르바이트 시간을 줄여도 이런 밤늦은 시간에 돌아간 다는 것은 그전까지 자습실에서든 도서관에서든 공부를 했다는 뜻이었다.

공부와 생활을 위한 일과의 양립.

말로는 쉽지만 실제로 유키가 그것을 해내기 위해서는 엄청난 노력이 필요할 것이다.

'……어른이라도 견딜 수 있는 사람은 많지 않겠지.'

하지만 힘들어도 이겨내고 극복해내는 것이 바로 이 유키라는 남자였다.

분명 그것은 타고났다기보단 태어나서부터 지금까지 살아온 경험에 기인한 바가 클 것이다.

지금은 이렇게 평범하게 학교에 오고 있는 유키지만, 오타니는 이 남자가 그동안 얼마나 힘든 일을 겪어왔는지 본인에게 들어서 알고 있다.

학대 수준으로 스파르타였던 아버지.

그 아버지가 돌아가신 뒤 목표를 잃은 것.

그리고 완전히 잃은 목표를 스스로 재설정하고 의사가 되기 위해 밑바닥 성적부터 죽을힘을 다해 공부해 특대생 자격증을 따낸 것.

"그 시기에 비하면 지금의 상황은 훨씬 편해"라며 유키는 일진 웃으며 말했었다.

오타니는 솔직히 대단하다고 생각하면서도 걱정이 들곤

했다.

옛날과 비교해서 편하다고 해서 지금이 편한 것은 아니었다.

그것은 그저 마비되었을 뿐이다. 몸도 마음도 어딘가에서 비명을 지르고 있는 것이다.

사실 지금도 유키는 평범하게 말하는 것처럼 보였지만 몸에서는 피로가 엿보이고 표정에서도 약간의 긴장감이 느껴졌다.

'정말 내버려 둘 수 없는 남자야.'

만난 순간부터 그랬다.

한결같이 올곧아서 위태롭다.

"후, 도착했다."

어느새 유키의 아파트에 도착해 있었다.

"근데 오타니, 데려다주지 않아도 괜찮겠어?"

"괜찮아. 너한테 그런 아가씨 취급을 받으면 오글거려서 토할 것 같아."

"여전히 가차 없는 말이네……. 그럼 조심해서 가."

유키는 그렇게 말하고 아파트 계단을 올라갔다.

평소에는 좀 급한 듯 리듬감 있게 뛰어올라 계단을 올라가는데, 아무래도 피곤한지 천천히 올라간다.

유키가 자신의 집 문을 열었다.

그 안에서 하츠시로가 맞이해준다.

순간 유키의 긴장했던 표정이 단숨에 변했다.

멀리서도 알 수 있을 정도로 부드러운 미소로 바뀐 것이다.

유키도 하츠시로도 행복한 듯이 웃고 있었다.

'……아아.'

그걸 보고 오타니는 생각했다.

분명, 분명 그 둘은 괜찮을 거다.

오래토록 행복하게 사랑이란 것을 키워나갈 것이라는 확신이 들었다.

"잘됐네, 유키."

교실에서 혼자 등을 구부린 채 공부를 하던 위태롭고 무뚝뚝한 아이는 이제 없다.

자신이 없어도 하츠시로가 있다면 유키는 해낼 수 있다.

'그래, 내가 옆에 없어도…….'

그때였다.

투둑, 발밑에 무언가가 떨어졌다.

"……어?"

문득 자신의 뺨을 만져보았다.

젖어 있었다.

"아…… 그래, 그런 거구나."

마음을 정리한 줄 알았는데.

자기는 그렇게 깊이 좋아하지 못하는 사람이라고 생각

했는데.

오타니 쇼코는 새삼스럽게 끝나버린 자신의 첫사랑에 눈물을 흘렸다.

심지어.

처음에는 조금 울고 끝날 줄 알았는데.

하염없이 눈물이 흘러나왔다.

유키를 맞이하는 하츠시로의 모습이 눈에 아른거려 사라지지 않았다.

'……머지않아 자연스럽게 그렇게 될 거라고 멋대로 생각했어.'

유키 녀석은 달리 상대도 없을 테니까, 그런 것에 관심도 없을 테니까.

'그래서 이 질긴 인연이 계속되면 어느새『일단 지금까지 쭉 곁에 있었으니까 사귈까』하는 흐름이 되고.'

깨닫고 보면 데이트를 한다든가, 손을 잡는다든가, 키스를 한다든가.

'그리고 더 나아가선 가족이 되고…… 저런 식으로…….'

저런 식으로 집에 돌아온 유키를 맞이하는 순간이 오겠지. 멋대로 그렇게 생각하고 있었다.

근데 그 자리엔 이미 다른 아이가 있다.

그러니 더는 그 상상은 현실이 될 수 없다.

"……흡."

멈추지 않았다. 전혀 가라앉지 않았다.

굵은 눈물방울이 하염없이 흘러나왔다.

이렇게 우는 거구나.

이렇게나 괴로운 거구나.

"……나, 생각했던 것보다 유키를 더 좋아했었나 봐."

오타니는 떨리는 목소리로 그렇게 중얼거리고는 하염없이 혼자 눈물을 흘렸다.

제4화　　　내게 가장 소중한 것

다음 날 아침.

"……끔찍한 몰골이네."

오타니는 거울로 자신의 얼굴을 보고는 그렇게 중얼거렸다.

울었던 눈매가 빨갛다.

뭘 숨기랴. 어젯밤은 밤새 울었다. 울다 지쳐 어느새 잠들어 버린 것이다.

"학교에 가야 하는데……."

그렇게 생각하고 준비를 하려고 했는데.

"……."

무기력감이 엄습했다.

솔직히 학교에 가서 유키와 만나고 싶지 않았다.

미련을 자각해 버린 이상 분명 유키와 이야기할 때마다 괴로울 것이다.

그리고 유키 녀석은 평소처럼 내게 말을 걸어오겠지. 유키에게 있어서 자신은 안심하고 말할 수 있는 상대, 그런 식으로 신뢰를 쌓아 왔으니까.

'진짜로…… 왜 빨리 고백하지 않은 걸까, 나는.'

그 남자의 성격이라면 이성으로서 오타니를 좋아하지 않아도 거절하는 짓은 하지 못했을 것이다.

그런 생각을 하면서 느릿느릿 준비를 했지만…….

"아아, 안 되겠어. 도저히 안 될 것 같아."

오타니는 그렇게 중얼거리더니 거실로 내려가 아침 식사를 준비하고 있는 노리코에게 "열은 없지만 오늘은 몸이 안 좋으니까 쉴게"라고 말했다.

노리코는 평소 지각도 결석도 거의 하지 않던 오타니가 그런 말을 해 오자 조금 놀라고 걱정하는 기색이었다.

하지만 오타니의 얼굴을 보고 이유를 묻지는 않았다.

"……알았어. 선생님께는 전해놓을게. 오늘은 푹 쉬고 내일부터는 꼭 가는 거야."

"응…….'

그렇게 대답하고 오타니는 자신의 방으로 돌아갔다.

그녀의 모습으로 봐선 아마 꾀병이라는 것을 알아차린 것 같았다.

다만 지금의 자신이 잔뜩 부은 눈을 하고 있는 것을 보고 무슨 일이 있었겠구나 하고 신경을 써준 거겠지.

오늘까진 괜찮지만 내일부터는 제대로 학교에 가라는 다짐까지 받고 말았다.

우리 새엄마는 꽤 능숙한 분이구나, 하고 새삼스레 생각했다.

오타니는 자신의 방으로 돌아와 방문을 잠그고 다시 침대로 풀썩 쓰러졌다.

"아아, 학교를 쉬어버렸네."

심지어 실연의 충격 때문에.

"사춘기 소녀도 아니고…… 아니, 사춘기 소녀인 건 맞지만."

영문 모를 말을 지껄이고 그걸 또 본인이 부정한다.

틀렸어. 머리가 도저히 안 돌아가.

"……잠이나 자자."

이럴 때는 일단 자는 게 제일이다.

오타니는 이불을 뒤집어쓰고 눈을 감고는 깊은 무의식 속으로 빠져들었다.

◇

오타니 쇼코는 꿈을 꾸었다.

자신과 유키는 성장하여 완전히 사회인이 되어 있었다.

정장을 입은 직장인인 자신.

아직 연수 중인 유키.

둘은 사귀고 있고, 돌아오는 시간이 겹치는 날은 만나서 같이 돌아간다.

그날은 강한 태풍으로 인해 전철도 운행이 중단됐다. 자신과 유키는 어쩔 수 없이 인근의 저렴한 호텔에 머물기로 했다.

다만 나이 찬 남녀가 둘이서 호텔에 들어간 이상 아무 일도 일어나지 않는다는 건 불가능한 일이었다.

정신을 차려보니 자신은 침대에 쓰러져 있고.

위에서 덮치는 듯한 자세로 유키가 이쪽의 얼굴을 들여 다보며 답지 않게 살짝 로맨틱한 말을 해온다.

그리고 유키의 커다란 손이 천천히 자신의 몸에 닿고…….

◇

오타니는 거기서 눈을 떴다.

"……하아."

이마에 손을 얹고 큰 한숨을 내쉬었다.

대체 무슨 꿈을 꾸는 거지, 나는.

"사춘기 소녀도 아니고…… 아니, 실제로 그렇지만."

얼마나 그 녀석을 좋아하는 거야. 스스로도 어이가 없 을 정도였다.

핸드폰으로 시간을 보니 벌써 12시다.

"응?"

오타니는 그제서야 메시지 앱에 알림이 온 것을 알아차

렸다.

그 상대는 하츠시로에 대해 알아봐달라고 부탁했던 중학교 동창이었다.

"……."

오타니는 숨죽인 채 메시지를 열었다.

그러자 그곳에는.

『우리 학교에 하츠시로라는 애는 없었어.』

"어?"

오타니는 책상 위에 놓여 있던 안경을 쓰고 메시지를 다시 읽었다.

『누구한테 물어봐도 그런 애는 모른다고 하길래 일단 1학년에서 3학년까지 다 돌아보고 확인했는데 없었어. 혹시 학교를 그만둔 애들 중에 있지 않을까 해서 그쪽도 알아봤는데 하츠시로라는 이름은 없더라.』

"……."

오타니는 잠시 화면을 보고 굳어 있다가 이윽고 손가락을 움직여 메시지를 보냈다.

『그렇구나, 고마워. 한 가지만 더 부탁할게. 1학년이고 최근 한 달 정도 학교를 쉰 아이가 있다면, 그 아이에 대해 알아봐 줄 수 있을까?』

오타니는 메시지를 보낸 뒤 스마트폰을 책상 위에 놓고 다시 베개에 머리를 묻었다.

뭔가 있다고는 생각했는데 예상 이상으로 사정이 많은 아이인 듯했다.

그때.

딩동.

집에 초인종 소리가 울렸다.

택배인가 싶었는데, 계단을 올라오는 발소리가 들려왔다.

똑똑, 오타니의 방문을 노크하는 소리.

"쇼코. 일어나 있니?"

유타의 목소리였다.

"일어나 있어."

오타니는 침대에서 내려와 문을 열었다.

"그래, 쇼코. 몸은 좀 괜찮아졌니?"

문을 열자 여느 때처럼 미덥지 못한 미소를 지은 유타가 서 있었다.

"친구가 병문안을 와줬단다."

"……친구?"

오타니가 복도 쪽을 들여다보자.

"나야, 쇼코. 괜찮아?"

평소와 같이 열받을 정도로 싱글벙글한 얼굴을 한 후지이가 이쪽을 향해 손을 흔들고 있었다.

◇

"······그래서?"

오타니는 침대에 다리를 꼬고 앉아 바닥에 앉은 후지이를 노려보았다.

"왜 온 거야, 너."

"당연히 병문안 온 거지."

그렇게 말하며 히죽히죽 웃는 후지이.

"와 달라고 한 기억도, 온다는 말을 들은 기억도 없는데?"

"하하하, 무슨 소릴 하는 거야, 쇼코."

후지이는 뭘 그런 당연한 것을 물어보냐는 듯이 답했다.

"미리 말하면 오지 말라고 할 게 뻔하잖아. 그래서 말하기 전에 내 멋대로 온 거야."

나 똑똑하지? 그렇게 말하며 엄지손가락을 세우고 윙크하는 후지이.

이 바보 같은 면상에 발차기 한 방이라도 먹일까 했는데, 지금은 기력이 나지 않으니 용서해 주기로 했다.

"기껏 와줬는데 미안하지만 보다시피 건강하니까 병문안은 필요 없어. 귀중한 점심시간을 써서 왔는데 헛걸음하게 해서 미안하네."

오타니가 그렇게 말하자 후지이는 고개를 저었다.

"무슨 소리야. 쇼코는 지금 기운이 하나도 없잖아."

"······."

"걱정했어. 농담이 아니라."

조금 전까지의 바보 같은 표정과는 달리 진지한 눈빛으로 이쪽을 바라본다.

설마 후지이 녀석한테까지 간파당하다니.

뭐랄까, 이 녀석 이런 진지한 얼굴도 할 수 있구나.

가벼운 느낌으로 헤실거리는 모습밖에 보지 못해서 놀라웠다.

"정말 별거 아니야. 단지 내 멘탈이 예상보다 더 물러 터졌던 것뿐이지."

"······혹시 유키를 말하는 거야?"

후지이의 그 말에 오타니의 눈썹이 씰룩였다.

"그렇구나, 그런 거였나. 혹시 아직 유키를 좋아한다는 사실을 새삼스레 깨달았다든가?"

······이 남자, 왜 이렇게 오늘따라 눈치가 빠른 거지?

"그래, 그렇구나."

후지이는 그렇게 말하고는 스마트폰을 꺼내 무언가 조작했다.

"뭐 하는 거야?"

"유키가 걱정된다고 방과 후에 병문안 오겠다고 했거든. 그래서 쇼코가 '오면 죽일 거야. 시험공부에 집중해'라고 말했다고 메시지 보내고 있어."

"그건…… 응, 솔직히 고마워."

후지이 안에 있는 자신의 인간상이 어떻게 되어 있는 것인지 조금 따지고 싶은 부분은 있었지만, 지금 유키의 병문안을 받는 것은 솔직히 피하고 싶었다.

"뭐, 쇼코의 이런 약한 모습을 볼 수 있어서 나는 신선하고 좋지만 말야."

"시비 거는 거야? ……뭐, 나도 의외긴 했어."

"유키가 사귄다는 얘길 처음 했을 땐 아무렇지도 않아 보였잖아. 왜 이제 와서?"

"……뭐, 내가 그만큼 스스로의 마음에 둔했다는 거 겠지."

오타니는 그렇게 말하고는 지금까지의 경위를 후지이에게 말했다.

솔직히 조금 민망한 속내도 많이 있었지만, 뭐 매일같이 이상한 고백을 해오는 남자가 상대인 만큼 말하는 것에는 별로 거부감이 없었다.

유키와 하츠시로를 걱정해서 여러 가지 알아보고 확인한 것, 나아가 두 사람은 최고로 궁합이 좋고 둘 다 성실하니 분명 괜찮을 것이라고 확신한 것.

그리고…… 그것으로 자신의 마음을 깨닫고 괴로워졌다는 것.

"……."

거기까지 말하고 어깨를 으쓱하는 오타니.

후지이는 무언가 골똘히 생각하는가 싶더니.

"그래서 쇼코는 어떻게 하고 싶은데?"

그런 질문을 해온다.

"어떻게 하고 말고 할 것도 없지. 이미 승부는 났다니까. 내가 어떻게 할 수 있는 일이 아니야."

"꼭 그렇다고 할 수는 없을 것 같은데."

후지이의 말에 오타니가 눈살을 찌푸리며 묻는다.

"무슨 뜻이야?"

"……지금부터 엄청 이상한 말을 할 거니까 화내지 마."

후지이는 그런 서론과 함께 말을 이었다.

"하츠시로는 쇼코가 유키를 좋아한다고 하면 아마 물러설 거라고 생각해."

"아니, 아니, 하츠시로 씨는 진심으로 유키를 좋아해. 그것도 가벼운 감정이 아니라 진짜 사랑이라고 해도 좋을 정도로. 아무리 그 애라고 해도 양보하는 짓은……."

하지 않을 거라고 말하려던 오타니는 말을 멈췄다.

아니, 오히려 진심으로 유키를 사랑하기 때문에 가능한 일일지도 모른다.

오타니는 방금 도착한 메시지를 떠올렸다.

『우리 학교에 하츠시로라는 애는 없었어.』

하츠시로라는 이름은 가명이다. 진짜 이름은 따로 있다.

그래, 그 소녀는 애써 그런 과거를 덮어버릴 정도의 무언가를 안고 있는 소녀였다.

그리고 그것은 하츠시로 자신도 알고 있을 것이다.

그렇기 때문에 하츠시로가 물러선다는 것은 충분히 가능성 있는 이야기였다.

'저는 폐가 될지도 모르는 일을 안고 있으니 오타니 씨쪽이 유키 씨를 더 행복하게 해줄 수 있을 거예요'. 뭐 그런 생각을 진심으로 하면서 물러날 모습이 눈에 선했다.

"……그치? 가능성 있지?"

"그러네."

사랑하기 때문에 자신보다 유키가 더 행복해질 수 있는 길을 택한다.

그 아이는 그런 아이다.

"그러니까 쇼코에겐 제대로 눈앞에 선택지가 있는 거야. 유키는 완전히 포기하고 이대로 두 사람의 행복을 바랄 것인지."

후지이는 평소처럼 가벼운 어조로 말했다.

"아니면 그 사이를 파고들어서 빼앗을 것인지."

무슨 바보 같은 소리를 하는 거야.

오타니는 생각했다.

그런 선택지는 존재하지 않는다.

그렇게 말하려고 했다.

"……."

한순간.

한순간이지만 말문이 막히고 말았다.

머릿속으로 후지이가 제시한 선택지를 한순간이나마 고려해 버렸다.

모친의 말이 머리를 스쳤다.

『여자에겐 말이지, 사랑이 제일 중요해. 내 아이니까 쇼코도 머지않아 알게 될 거야.』

"……웃기는 소리 하지 마."

오타니는 힘겹게 그런 말을 뱉었다.

"확실히 내 첫사랑은 생각보다 더 컸어. 그렇지만 그 이상으로 사람으로서 소중한 것이 있어. 나는 그렇게 생각해. 나는 그 두 사람이 행복하길 바라. 소중한 친구로서 응원하고 싶어. 좋은 녀석들이니까."

"그래…… 쇼코는 여전히 멋지네."

후지이는 그렇게 말하더니 멋대로 오타니가 평소 앉아 있던 의자에 앉아 등받이에 몸을 맡겼다.

◇

다음 날 아침.

오타니는 평범하게 집을 나와 학교로 향했다.

평소의 이른 시간이 아니라 보통 학생들이 갈 정도의 시간에 말이다.

평소와 달리 통학로에는 똑같은 교복을 입은 학생이 여럿 걷고 있다.

그리고 그들의 모습을 보고 오타니는 중요한 것을 떠올렸다.

"……그러고 보니 오늘 기말고사 첫날이잖아."

등교하는 학생들 중에는 공책이나 프린트를 펼쳐서 보고 있는 아이들이 많았다.

솔직히 오타니는 시험 전이라고 해서 굳이 더 열심히 공부하는 타입은 아니었지만, 시험 전날 시험 범위를 다시 점검해보는 정도는 늘 하고 있었다.

'이번에는 별로 좋은 점수는 기대할 수 없겠네…….'

사랑에 목매느라 낙제점을 받고 여름 방학에 보충수업까지 받게 된다면 꽤나 수치스러운 흑역사가 될 것이다.

그런 생각을 하면서 학교에 도착해 교실로 들어갔다.

그러자.

"안녕, 오타니. 몸은 괜찮아?"

유키가 평소와 같은 느낌으로 자신에게 먼저 인사를 건넸다.

"……."

오타니의 발걸음이 한순간 멈췄다.

솔직히 오타니는 지금 유키와 평범하게 이야기할 수 있을지 자신이 없었다.

　그래서 평소보다 늦게 등교한 것이다. 아침의 교실에서 단둘이 있으면 평정심을 유지할 자신이 없었으니까.

　"……오타니?"

　유키가 걱정스러운 눈빛으로 이쪽을 보고 있다.

　'아아, 정말!'

　뭘 하나하나 세세하게 따지는 거야.

　오타니는 짝! 하고 자신의 뺨을 때렸다.

　"왜, 왜 그래, 갑자기?!"

　"오늘 시험이잖아? 나도 가끔은 기합을 좀 넣어볼까 하고……. 너야말로 시험 준비는 잘 됐겠지?"

　"그럼, 안심해. 코토리가 온 것 때문에 성적이 떨어지면 볼 낯이 없으니까 말야."

　자신감 넘치는 표정으로 그렇게 말하는 유키.

　유키가 하츠시로의 이름을 입에 담았을 때 욱신욱신 가슴이 아려왔지만 무시했다.

　"게다가 그 녀석은 분명 책임을 느낄 테니까. 그런 마음이 들게 할 생각은 없어."

　"기합이 들어가 있네. 컨디션도 좋아 보이고."

　저번에 같이 돌아가던 날엔 약간의 피로감이 느껴졌는데, 오늘은 다크서클도 없고 혈색도 좋았다.

"어제는 코토리가 시험 전날이니까 일찍 자라고 해서 일찍 잤어. 밥도 힘이 날 만한 걸로 해줬고. 얼마든지 덤벼도 끄떡없다는 느낌이야."

유키는 그렇게 말하더니 마치 앞으로 복싱 경기라도 앞둔 것처럼 손뼉을 타악 쳤다.

'……일찍 재웠다고.'

그러고 보니 만난 지 얼마 안 됐을 때 자신도 비슷한 말을 했었던 것 같다.

하츠시로는 분명 제대로 유키를 서포트해주고 있을 것이다.

시험공부로 꽤 긴장했을 유키가 하룻밤 잤다고는 해도 나름대로 컨디션이 좋아 보이는 것만 봐도 그 사실을 알 수 있었다.

'역시 좋은 아이야, 하츠시로 씨.'

자신이 남자였다면 여자친구로 삼고 싶었을 게 분명하다.

그 후에도 오타니는 시험이 시작되기 전까지 평소와 같이 유키와 이야기를 나눌 수 있었다.

……그래, 시험이 시작되기 전까지는.

◇

오타니가 다니는 고등학교의 시험은 이틀에 걸쳐 치러진다.

첫 번째 시험은 현대 문학.

오타니에게는 나름대로 특기 과목이다. 특히 독해 문제는 그렇게 많이 공부하지 않아도 그 자리에서 글만 제대로 읽을 수 있으면 점수가 나오니 감사했다. 글자를 읽는 것에 거부감이 없는 오타니에게는 서비스 문제나 다름없었다.

덕분에 편하게 문제를 풀어나가는 오타니.

앞자리에 있는 유키는 오타니 이상의 하이 페이스로 펜을 움직이고 있었다. 중간에 잠시 흥분했는지 자리에서 일어나 크게 웃어서 교사에게 주의를 받긴 했지만. 뭐, 시험 난이도를 보니 유키라면 아마 만점을 받을 것이다.

그리고 다음 교과는 수학 B.

오타니가 끔찍하게 싫어하는 수학이었다.

시험이 시작됨과 동시에 오타니의 손이 멈췄다. 솔직히 이해할 수 있는 문제가 적었다.

어떻게든 그중에서 풀 수 있는 문제를 찾아내 부분 점수라도 노려서 낙제점을 피하고 싶었다.

한편.

유키는 조금 전과 같은, 아니 그 이상의 기세로 펜을 움직이고 있었다.

오타니가 보기엔 뭐가 뭔지도 알 수 없는 수학 문제를 막힘없이 거침없이 풀어나갔다.

'……굉장하네.'

평소에는 바보 같은 행동을 할 때가 많은 유키였지만, 이런 부분은 진심으로 존경스럽다.

만약 원래부터 머리가 좋은 사람이 그랬다면 대단하고 생각할 뿐이겠지만, 오타니는 유키가 그런 타입이 아니라는 것을 알고 있다.

자신의 앞에서 묵묵히 시험에 임하는 그 등에선 누구보다 단단히 쌓아온 시간과 노력이 엿보였다.

자신의 아버지와 닮은, 든든함과 묘한 안심감을 주는 등이다.

고등학교에 들어온 이후 쭉 봐왔다.

보고 있자니 조금 마음이 따뜻해졌다.

뒷자리에 앉는 자신만이 특등석에서 볼 수 있는 것이었다.

……그랬어야 했는데.

투둑.

오타니의 해답지에 눈물이 떨어졌다.

'……아아, 안 돼.'

시험 중인데도 눈물이 멈추지 않았다.

이렇게 눈앞에서 실물을 보게 되니 싫어도 자각하게 되

는 것이다.

역시 자신은 유키를 좋아한다고.

이 진지한 모습도, 평소 조금 위태로운 부분도, 가끔 보이는 상냥함도, 전부 자신의 것으로 하고 싶다고 생각하게 된다.

하지만 분명 지금 눈앞에 있는 유키가 생각하고 있는 것은 하츠시로뿐이겠지.

하츠시로가 자신 때문에 등수가 떨어졌다고 생각하지 않도록 집중해서 문제를 풀어나가고 있다.

마음의 버팀목으로 삼고 있는 것도 하츠시로일 것이다. 헌신적으로 받쳐주는 그녀의 존재가 매번 특대생을 유지해야 한다는 중압감으로 인해 피폐해진 마음을 지탱해주고 있다.

바로 손을 뻗으면 닿을 수 있는 이 따뜻하고 눈부신 등은 자신이 아닌 사람의 것이 되고 말았다.

"……흑."

오타니는 쏟아지는 눈물과 오열을 주위에 들키지 않으려고 필사적으로 억눌렀다.

결국 시험은 고사하고 수학 B 시험은 이름만 쓰고 백지로 내버리고 말았다.

◇

시험 둘째 날.

"……자, 그럼 답안지를 앞으로 보내렴."

그리고 지금 막 마지막 시험이 끝났다.

마지막 시험관이 마침 담임교사였기 때문에 그대로 간단히 홈룸을 마치고 집으로 귀가하게 되었다.

교실 공기가 단번에 이완됐다.

"……하아."

오타니도 숨을 크게 내쉬었다.

첫째 날 2교시 때는 어떻게 되나 싶었는데 가까스로 회복했다. 다른 교과목은 시험 전에 복습하지 않고 도전한 것에 비해 큰 문제는 없었다.

뭐, 수학 B는 어떻게 봐도 낙제점이지만.

'또 흑역사를 만들었네…….'

시험 중 시야에 들어오는 실연 상대의 모습에 통곡하느라 답안지를 백지로 내서 낙제.

문자로만 보면 무시무시한 흑역사임이 확실했다.

남들이라면 웃지는 않겠지만 꽤나 어이없어할 수준이었다.

"후우."

앞자리의 유키도 한숨을 돌린다.

"……수고했어. 시험은 어땠어?"

오타니가 그렇게 물었다.

시험 중 눈물을 흘린 덕분인지 유키와 차분히 이야기할 수 있게 되었다.

"솔직히, 최고로 만족스러워."

유키는 살짝 당황한 모습으로 그렇게 말했다.

"뭐라고 할까, 지금까지 중에서 가장 반응이 좋았다고 해야 하나. 실제 공부 시간만 보면 지금까지 중 가장 짧았는데도."

"흐음, 혹시 여친 파워가 아닐까?"

오타니는 반쯤 농담 섞인 어조로 그렇게 말했지만.

"혹시가 아니라 정말 그런 것 같아. 끝나고 이걸 하츠시로에게 줄 생각을 하니까 무한한 힘이 샘솟았거든."

그렇게 말하고 유키가 가방에서 꺼낸 것은 모 테마파크의 2인용 티켓이었다. 하츠시로와 보내는 시간이 줄어든 만큼 시험이 끝난 후 하루 휴가를 내서 놀 것이라고 했다.

정말 기쁘고 행복해 보이는 얼굴이었다.

"……하아, 그러시겠죠. 무한한 힘 같은 소릴 진지한 얼굴로 잘도 하는구나."

하지만 농담은 아니겠지. 그렇게 생각하자 어이가 없으면서도 동시에 가슴은 조금 아팠다.

유키는 하츠시로를 위한다고 생각하면 힘이 솟구치고, 하츠시로도 유키가 힘낼 수 있도록 헌신적으로 받쳐주고 있다.

정말로 완벽한 한 쌍이다.

'……하지만.'

완벽해야 할 두 사람이지만, 하츠시로에겐 아직 숨기는 것이 있다. 자신의 과거와 그리고 진짜 이름.

이 일은 유키에게 이야기하는 것이 좋지 않을까. 문득 그런 생각이 들었다.

오타니는 잠깐 틈을 두었다가 목소리 톤을 낮추고 말했다.

"……저기, 유키. 하츠시로 씨 일 말인데."

"……무슨 일 있어?"

"전에 하츠시로 씨 학교에 대해 알아본다고 했었잖아."

"아아, 그랬지."

유키도 진지한 분위기를 감지하고 오타니 쪽을 바라보았다.

"그땐 알아낸 걸 굳이 너한테 말할 생각은 없다고 했었지만…… 역시 이건 말해야 할 것 같아서. 중학교 동창에게 연락해서 알아봤는데……."

꿀꺽 침을 삼키는 유키.

"그 학교에…… 하츠시로라는 학생은 없대."

오타니가 그렇게 말하자.

"……뭐?"

너무나 예상 밖이었는지 유키는 눈을 휘둥그레 뜬 채 그대로 굳어버렸다.

"아니, 잠깐 기다려 봐. 아무리 그래도 그건……."

유키의 심정도 이해가 갔다. 실제로 하츠시로가 입고 있는 교복은 그 아가씨 학교의 것이었고, 가방이나 체육복도 그 학교에서 지정한 것이었다.

"나도 모르겠어. 그래서 조금 더 자세히 알아보는 중이야."

"……."

벙찐 유키에게 오타니가 말했다.

"미안해. 넌 그냥 내버려 두길 원했는데, 전해주지 않으면 내 마음이 불편할 것 같아서."

"……아니, 그건 괜찮아. 알려줘서 고맙다."

"저기, 슬슬 하츠시로 씨에게 얘기를 들어보는 게 어때? 뭐…… 내가 상관할 부분은 아니긴 하지만."

유키는 손에 든 티켓을 물끄러미 바라보며 한동안 그대로 서 있었다.

오타니는 그런 유키를 뒤로하고 자신의 가방을 어깨에 메고 교실을 나섰다.

교실을 나온 오타니는 빠른 걸음으로 통학로를 빠져나가 인적이 드문 골목으로 들어갔다.

그리고.

"젠장!"

벽을 걷어찼다.

"왜, 왜 전한 거야……."

하츠시로가 뭔가 숨기고 있다는 건 잠자코 있으면 좋았잖아.

오히려 유키 본인은 하츠시로가 자연스럽게 이야기해 주기를 바랐으니 그렇게 하는 것이 맞았을 것이다.

그런데도 자신은 유키에게 그 사실을 알렸다. 그것이 모처럼 시험이 끝나고 축하 분위기일 두 사람에게 찬물을 끼얹는 짓임을 알면서도.

유키가 조금이라도 불안해져서, 그래서 하츠시로와의 관계에 무슨 일이 생기면 혹시 자신이 끼어들 틈이 생길 거라 생각한 걸까?

뭐야, 그게. 부끄러운 줄 알아.

『여자에겐 말이지, 사랑이 제일 중요해. 내 아이니까 쇼코도 머지않아 알게 될 거야.』

또 다시 모친의 말이 반복됐다.

입 다물어, 쓰레기 주제에…… 그렇게 말하고 싶었지만, 방금 자신의 행동을 보면 모친을 탓할 처지가 아니었다.

"나도 그 여자 딸이라는 건가."

오타니는 쓴웃음을 지었다.

혈액의 절반 정도를 수혈받아 갈아 넣으면 조금은 이 썩은 본성도 희석되지 않을까. 그런 생각을 했을 때.

핸드폰 알림음이 울렸다.

하츠시로에 대해 알아봐달라고 부탁한 중학교 동창이 었다.

오타니는 메시지를 켰다.

『하츠시로라는 이름을 가진 학생은 없었지만 딱 한 명, 1학년에 두 달 전부터 등교 거부를 한 학생이 있는 것 같 아. 긴 검은 머리에 꽤 귀여운 인상을 가진 아이.』

하츠시로라고 오타니는 확신했다.

오타니는 동급생 나오미에게 전화를 걸었다.

몇 번의 신호음이 간 뒤 통화가 시작되었다.

『안녕, 오타니. 오랜만~.』

엄청나게 가벼운 분위기의 목소리가 들려왔다.

이 여자, 이래 봬도 하드ㅇ욕 에로 애니를 세끼 밥보다 더 좋아하는 만만치 않은 여자다.

"나오미도 잘 지내는 것 같네. 그래서 알아보던 애 말인 데, 아마 걔가 맞는 것 같아. 자세한 얘기 좀 들려줄래?"

『응, 오키오키.』

그렇게 오타니는 나오미로부터 학교에서의 하츠시로 이 야기를 전해 들었다.

괴롭힘은 없었다고 한다. 정확히는 한번 하츠시로가 괴 롭힘에 대해 이상한 반응을 보인 이후 아무도 접근하지 않게 되었다고 한다.

"……그래, 여러모로 조사해줘서 고마워."

『됐어, 됐어. 쇼코에게는 진 빚도 있으니까 말야.』

그럼 다음에 봐.

그렇게 말하고 나오미는 통화를 끊었다.

"……그렇구나, 역시 그쪽인가?"

하츠시로의 상처의 원인. 왕따일 가능성은 사라졌다.

그리고 오타니가 직접 대화해본 느낌으로는 스스로를 상처입힐 만큼 정신에 문제가 있어 보이지도 않았다. 오 히려 심지는 꽤 굳세고 참을성도 강한 편이다.

그 세상일에 어두운 부분이나 연애 초심자 같은 느낌을 보면 학교 밖에서도 친구나 남자친구는 없었을 것이다.

그렇다면 남은 것은.

"부모인가……."

물론 그쪽도 생각해보지 않은 것은 아니다.

다만 이래 봬도 폭력과는 무관한 가정에서 자라온 인간 이다. 유타는 말할 것도 없고, 그 쓰레기도 손을 드는 짓 은 하지 않았다.

그래서 가능성에서 은연중에 제외했던 것 같다.

"학대라……. 그 아이도 부모에게 휘둘려왔구나."

"쇼코, 학대라니?"

그런 목소리가 들려와 고개를 들자 후지이가 거기 서 있었다.

여느 때와 다름없는 칠칠치 못한 얼굴이었지만 눈빛은 진지했다. 아마 지금의 오타니의 중얼거림이 친구인 유키와 하츠시로에 대한 것이라고 확신한 것 같았다.

자세한 이야기를 들려줄 수 있을까? 그의 눈빛은 그렇게 말하고 있었다.

◇

오타니는 후지이와 자주 이용하는 카페에 들어갔다.

둘 다 드링크바를 주문하고 자리에 앉았다.

"……과연."

오타니의 설명을 듣고 후지이는 고개를 끄덕였다.

"학대라…… 나도 어렸을 때 잘못해서 아버지한테 크게 맞은 적은 있지만 딱 그 정도니까. 뭐랄까, 되게 먼 세상 얘기라고 생각했어."

"맞아. 나도 그래."

"유키는 그 반대의 의미로 우리보다 더 상상이 안 될지도 모르겠네."

"……무슨 말이야?"

"유키의 아버지는 교육을 위해서라면 체벌을 아끼지 않는 사람이었으니까. 반대로 '교육도 뭣도 아닌 이유로 가해지는 부모의 폭력'을 쉽게 상상하긴 어려울 거야."

"아아, 난 잘 모르겠지만 그럴 수도 있겠네."

"게다가 유키가 중학교 때 다니던 야구 클럽은 왕따 때문에 죽은 아이가 나오면서 해산했으니까. 어느 쪽이냐 하면 왕따 쪽이 더 상상하기 쉽지 않을까?"

후지이가 아무렇지도 않게 그런 말을 했다.

"어, 그게 뭐야? 처음 들어보는데. 그 녀석…… 그 외에도 아직 하드한 과거를 가지고 있었구나."

"그래, 내 절친님은 우리 같은 평범한 사람들과는 달리 주인공 같은 드라마틱한 삶을 살아왔거든."

후지이는 질렸다는 듯한 얼굴로 어깨를 으쓱했다.

"그래서…… 어떻게 해야 할까, 우리는. 문제의 원인을 알게 된 것까진 좋은데."

"그러게……."

궁지에 몰린 원인이 부모의 학대라는 것까진 알았지만 결국 두 사람이 무엇을 할 수 있느냐고 물으면 딱히 할 수 있는 것은 아무것도 없었다.

굳이 말하자면 이 사실을 유키에게 전해주는 것이겠지

만, 유키 자신은 하츠시로가 이야기해 주기를 기다리겠다고 말하고 있다.

"다만 한 가지 새삼스럽게 알게 된 거라면 하츠시로 씨에겐 유키가 필요하다는 거야. 그 아이의 이런 과거를 다 받아주고 행복하게 해줄 수 있는 건 분명 그 녀석밖에 없을 테니까."

오타니는 자신의 입으로 그렇게 말했다.

또 다시 가슴이 따끔거리며 아파왔다.

'……이런 때까지 일일이 상처받지 말라고.'

미련한 자신의 성품에 얼굴을 찌푸렸다.

그런 오타니의 모습을 본 후지이가 말했다.

"……쇼코, 하츠시로를 걱정하고 있지?"

"당연하지. 난 이제 그 녀석 친구잖아."

오타니가 그렇게 말하자 후지이는 "음~" 하고 고개를 조금 기울이더니 입을 열었다.

"아무리 친구라도 그렇게까지 양보하려는 건 좀 이상하지 않아?"

"무슨 말이야?"

"아니, 십년지기 친구라서 그런 거라면 그나마 이해하겠는데, 쇼코가 하츠시로랑 얘기한 건 어차피 몇 번 정도잖아. 그 애가 착해서 좋아하게 되는 마음은 알겠지만 그렇다고 울 정도로 소중한 사랑을 양보할 정도는 아니라고 생각해."

"그건……."

"지금부터 또 이상한 소리를 할 건데."

후지이는 진지한 눈으로 말했다.

"나였다면 무조건 그 두 사람 사이로 끼어들었을 거야. 난 어떻게 해서든 쇼코랑 사귀고 싶거든."

"뭐, 너야 그렇겠지……."

"왜냐면 이 마음은 누구보다 진심이니까…… 설령 그것으로 인해 누군가가 불행해진다 해도 절대 양보 못 해."

그렇게 말하는 후지이의 얼굴은 그 어느 때보다도 진지했다.

"……그래."

평소에 그런 얼굴을 하고 있으면 좋을 텐데, 하고 오타니는 생각했다.

솔직하게 멋있었다. 열받게도.

뭐, 본인한테는 절대 말하지 않겠지만.

"뭐, 솔직히 네 말도 일리는 있어. 마침 지금 그런 마음도 아플 정도로 알아가고 있는 중이고 말야."

실연은 괴롭다.

좋아하는 상대가 다른 누군가와 사랑하는 것은 괴롭다.

그것은 몸소 체험했다.

하지만…….

"이건…… 시시한 내 고집이야. 난 개인적으로 하츠시로 씨 같은 아이가 행복했으면 좋겠어. 그 애는 지금의 우리 부모님을 닮았으니까……."

유키의 지나친 노력이 유타와 닮았듯이, 하츠시로도 유타나 노리코와 닮은 부분이 있었다.

너무나 상냥한 점, 올곧게 타인을 사랑할 수 있다는 점.

그렇기 때문에 상대에 따라서는 이용당하고 착취당할 수 있다는 약점이기도 했다.

오타니는 그런 사람이야말로 신뢰할 수 있는 상대와 사랑을 이루고 행복해지길 바랐다.

"그걸 내 사랑만을 위해 망가뜨려 버린다면…… 나는 그 인간과 똑같아져. 절대 용서할 수 없는 그 여자와."

오타니는 손을 꼭 쥐고 말했다.

"그것만은 내가 날 용서할 수 없어. 절대로…… 무슨 일이 있어도……."

그렇게 말하며 결의를 담은 눈빛으로 후지이의 눈을 바라보았다.

"……그래."

후지이는 웃는 얼굴로 고개를 끄덕였다.

"역시 멋있네, 쇼코는."

"……고집만 센 거지."

오타니는 드링크 바에서 가져온 커피에 입을 가져갔다.

설탕이나 우유를 넣지 않은 블랙커피의 쓴맛이 입안으로 퍼졌다.

"뭐야. 그럼 유키가 하츠시로와 헤어지는 날이 오면 역시 유키에게 고백하는 건가."

후지이는 머리 뒤로 손을 맞잡고 등받이에 기댔다.

"응? 아아. 뭐, 그건 그럴지도 모르지."

오타니로서는 그 두 사람이 헤어질 가능성은 생각하지도 못했기에 애매한 대답을 하고 말았다.

"완전히 포기하면 내가 사귈 수 있을 거라 생각했는데."

"너는 진짜…… 애초에 그 두 사람이 헤어지는 걸 상상할 수나 있어? 겨우 한 달이지만 그렇게 진심으로 서로 사랑하는 사람은 본 적도 없다고."

"아니 뭐, 그건 동의해. 하지만 이것도 저번에 말했잖아. 서로 사랑하기 때문에 헤어지는 일이 생길 수도 있고……."

그때였다.

"어, 유키 아니야?"

오타니의 뒤쪽, 카페 입구 쪽을 보며 후지이가 그렇게 말했다.

돌아보니 참고서를 든 유키가 혼자 들어오고 있었다.

'……이상해.'

오타니는 곧장 그렇게 생각했다.

유키는 시험이 끝나면 하츠시로와의 시간을 마음껏 즐

길 예정이었을 텐데.

그런데 이런 저녁 시간에 혼자 카페에 공부를 하러 온 것이다.

자세히 보니 어딘가 넋이 나간 분위기다. 평소와는 다르게 기운이 없다.

무슨 일이 있었던 것이 분명하다.

◇

유키가 오타니 일행을 알아챘는지 이쪽을 돌아보았다.

"어머, 우연이네."

"여어, 유키."

오타니와 후지이가 그렇게 말하자 유키가 이쪽 테이블로 걸어왔다.

후지이가 유키의 손에 들린 문제집을 보며 말했다.

"뭐야, 유키. 시험 끝난 지 얼마나 됐다고 벌써 공부야?"

"……아아."

유키가 건성으로 대답했다.

'……역시 이상해.'

가까이서 얼굴을 보니 유키는 지금까지 본 적 없는 표정을 짓고 있었다.

넋이 나간 것 같은, 쓸쓸한 것 같은, 마음에 뻥 뚫린 것 같은 표정.

오타니는 눈살을 찌푸리며 말했다.

"유키…… 너, 무슨 일 있었지?"

오타니의 말에 유키가 움찔 반응했다.

"아니, 딱히."

"그런 얼굴로 잘도 아무 일도 없겠네. 일단, 시험이 끝났는데도 하츠시로와 함께 있지 않다는 게 이상해."

정곡을 푹 찌르자 유키는 그 자리에서 입을 다물고 말았다.

이런 모습도 평소에는 좀처럼 볼 수 없는 것이었다.

"포기해, 유키. 쇼코가 이렇게 되면 아무도 못 말려."

후지이는 어깨를 으쓱하며 그렇게 말했다.

"나로서도 내 친한 친구가 걱정되는데. 괜찮다면, 얘기해줄래?"

부드러운 목소리였다.

오타니의 날카로운 추궁과 어우러져 마치 당근과 채찍 같았다.

마침내 체념한 것인지 유키가 입을 열었다.

"……그래, 하긴. 너희는 하츠시로와도 친했으니까."

그렇게 말하고 유키는 두 사람과 같은 테이블에 앉아 우선 드링크바만 주문했다.

그리고, 오늘 방과 후에 있었던 일을 이야기하기 시작

했다.

하츠시로와 쇼핑을 하던 중 하츠시로의 아버지를 만났다는 것.

그 사람이 후지이가 소속된 야구부에서 올해부터 코치를 맡은 시미즈였다는 것.

당연히 시미즈는 하츠시로를 자신의 집으로 데려갔다는 것.

잠시 정리될 때까지는 코토리와는 만나지 말아 달라는 말을 들었다는 것.

그리고…… 시미즈를 본 하츠시로가 크게 겁을 먹고 있었다는 것. 뭔가 말하고 싶은 모습이었다는 것까지.

"……그런 거였군."

얼추 이야기를 전해들은 오타니는 드링크 바에서 다시 가져온 커피를 한 모금 마셨다.

유키의 이야기를 듣고 대략적인 사정은 이해했다.

유키와 달리 하츠시로가 학대를 당했다는 정보를 알고 있어 사태 파악은 쉬웠다.

그래서…….

"일단 유키……. 넌 천하의 멍청이야."

조금도 사양하지 않고 그렇게 쏘아붙였다.

"무, 무슨 뜻이야?"

"말 그대로의 의미다, 이 멍청아. 하츠시로 씨가 하고 싶은 말이 있는데도 못하는 걸 알고 있었으면서 어째서 묻지 않은 건데."

"그, 그건……."

오타니는 커피잔을 테이블에 놓으며 말을 이었다.

"일단, 왜 그렇게 간단하게 시미즈의 말에 수긍해서 하츠시로 씨를 보낸 거냐고, 아무리 너라도 그런 생각은 했을 거 아냐? 하츠시로 씨는…… 돌아가고 싶지 않은 거라고."

"……"

유키는 잠시 침묵했지만.

이윽고 천천히 입을 열었다.

"그래도, 어떻게 할지 결정하는 건 하츠시로니까……."

"유키, 너……."

"내가 이래라저래라 말할 건…… 아니잖아. 억지로 캐묻는 짓은 하고 싶지 않아."

유키의 말에서 우러나오는 것은 상냥함이었다.

그러고 보니 이 녀석은 이런 녀석이었지, 하는 생각이 들었다.

태어난 순간부터 아버지에 의해 길이 결정된 것을 반면교사로 삼는 것인지, 유키는 상대방의 뜻을 무조건 존중했다.

사실은 상대가 이렇게 되길 바라거나 어떻게 해줬으면

좋겠다고 생각해도, 상대가 스스로 결정한 것이라면 자신의 생각을 곧바로 접어버리는 것이다.

"딱히 앞으로 만나지 못하는 것도 아니고. 게다가 시미즈는 하츠시로의 아버지야. 걱정되는 게 당연하잖아."

하지만 그 부분은 판단이 어설펐다.

시미즈가 말한 "잠시 정리될 때까지는 코토리와는 만나지 않았으면 좋겠다"의 '정리될 때'는 평생 오지 않을 것이 분명했다.

"그리고…… 그리고."

유키는 손에 들고 있는 컵을 꽉 쥐었다.

"……아버지가 살아 있다면 같이 있게 해줘야지. 언제까지나 있는 존재가 아니니까……."

"유키……."

과거 아버지와 야구 연습을 하는 유키의 모습을 본 적이 있는 후지이는 작게 그렇게 중얼거렸다.

정말로…… 사람 좋은 녀석이다.

오타니는 그렇게 생각했다.

그리고 동시에 다른 어떤 것도 깨달았다.

'이거…… 이대로 가면 두 사람은 헤어지겠네.'

아까 후지이가 말한 그대로의 일이 눈앞에서 일어나고 있었다.

서로가 서로를 사랑하고, 지나치게 배려한 탓에 하츠시

로와 유키는 지금 엇갈리고 있었다.

유키가 하츠시로의 선택과 가족을 존중했듯이, 하츠시로도 아버지에게 들킨 이상 자신이 있는 것이 유키에게 폐가 된다고 생각해서 도와달라고 말하지 않았겠지.

오타니가 끼어들고 말고 할 필요도 없이 이대로 놔둔다면 헤어질 가능성은 있었다.

'……그러면.'

그렇게 되면, 어쩌면 자신은 포기한 첫사랑을 되찾을 수도 있지 않을까.

오타니의 머리에 그런 생각이 스쳤다.

무슨 바보 같은 소리를…….

하는 거냐는 생각은 하지 않았다.

이미 충분히 알고 있었다.

실연은 괴롭다.

사랑은 생각보다 자신에게 더 큰 부분을 차지했다.

게다가 하츠시로와 유키가 헤어지는 것은 자연스럽게 일어난 일이다.

오타니가 억지로 파고들어서 균열을 일으킨 것도 아니다.

그럼 된 거잖아.

혼자가 된 유키를 내가 손에 넣어도.

그건, 전혀 나쁜 일이 아니잖아.

'……응, 그렇지.'

자신은 그저 내밀 수 있는 손을 내밀지 않았을 뿐이다. 그것이 누구의 행복을 깨뜨리는 것은 아니다.

'하지만.'

……그래, 하지만.

오타니는 다시 컵을 들더니 남은 커피를 단숨에 들이마셨다.

"후우……. 네 마음을 모르는 건 아니지만."

그리고 달그락, 탁자에 내던지듯 컵을 내려놓았다.

자, 오타니 쇼코. 기합을 넣는 거야.

본인의 괴로움은 표정에도 목소리에도 일절 꺼내지 마.

지금부터 넌 최대한 고집스럽게 폼을 잡는 거야.

"유키. 너는 남들에게 이래라저래라 강요하는 걸 무의식적으로 싫어하지. 그건 아마 네가 아버지에게 야구를 강요당해서 그런 거라 생각해. 너 자신은 그렇게 싫지 않았다고는 해도, 무의식적으로 그것이 옳지 않다는 걸 알고 쓸데없이 상냥한 넌 그걸 남에게 하지 않는 거야."

"……그렇지는."

않아, 라고 하려던 유키의 말이 멈췄다.

뭐, 적중이겠지. 알고 있다. 계속 너를 봐왔으니까.

"뭐, 이상하게 나한테는 사양 않고 부탁하는 것에 대해선 나중에 천천히 따지는 걸로 하고. 넌 간섭을 하고 싶어도 그걸 강요하고 싶진 않은 거야. 그건 훌륭한 생각이고,

네가 그랬기 때문에 하츠시로 씨로 네 곁에서 안심하고 지낼 수 있었던 거라고 생각해……. 하지만."

오타니는 유키에게 얼굴을 가까이 대고 말했다.

"강제적인 간섭이 나쁜 것만은 아냐. 옷을 사러 갔을 때, 나는 너한테 억지로 네 옷을 사게 했지. 그건 그냥 단순한 민폐였니?"

그때의 네 코디는 말이지, 실은 예전부터 너한테 입히면 정말 멋있겠다고 생각한 옷을 골랐던 거야.

그래서 하츠시로 씨와 달리 바로 고를 수 있었어…… 눈치채지 못했겠지만.

"……아니, 하츠시로가 엄청 기뻐했어. 멋있다고 해줘서, 나도 좋았고."

욱신욱신 마음이 아팠다.

역시 네게 있어 기쁨은 그 아이에게 멋있다는 말을 들었을 때구나.

가슴의 답답함이 표정에 드러날 것만 같았다.

『여자에겐 말이지, 사랑이 제일 중요해. 내 아이니까 쇼코도 머지않아 알게 될 거야.』

머리를 스치는 모친의 말.

닥쳐.

오타니는 괴로움을 드러내지 않기 위해 손을 꽉 쥐었다.

"그런 거야. 지금도 봐. 내가 억지로 말하라고 해서 너는 이렇게 나한테 자신의 일을 털어놓고 있지."

"……."

"유키 너조차 이런데, 하츠시로 씨는 어떻겠어. 조금은 억지로 간섭하지 않으면 그 애는 무조건 계속 참을 거야……. 기어이, 다시 뛰어내리기 전까지 말야."

"……그걸 어떻게 알고 있는 거야."

"옷 고르고 있을 때. 흐름상 어쩌다 보니 듣게 됐어……. 아무튼 자살하려고 했던 일에 대해서 말인데."

오타니는 휴대전화를 꺼내 화면을 조작했다.

남은 일은 간단했다.

같은 중학교였던 나오미의 메시지를 보여주며 하츠시로의 상처가 왕따로 인해 생긴 것이 아님을 알려주었다.

유키도 그 말을 듣자 역시 부모의 학대에 생각이 미친 듯했다.

나아가 평소 시미즈 코치를 보고 있는 후지이는 시미즈라는 인간을 보며 평소 느끼고 있던 섬뜩한 인상을 유키에게 전했다.

그렇게 등을 떠밀어준 두 사람의 작은 손길에.

"……하츠시로!"

유키가 힘차게 일어섰다.

그 얼굴에 가득 찬 것은 결의. 조금 전까지 생기 없던 얼굴은 어딘가로 사라져 있었다.

후지이가 유키에게 말했다.

"시미즈 코치님 집이라면 시립 고등학교 근처에 있는 고깃집 맞은편, 빨간 지붕으로 된 이층집이야."

"고마워, 후지이…… 그리고."

"응? 왜 그래?"

"어쩌면…… 너나 야구부 애들한테 폐를 끼치게 될지도 몰라."

후지이는 컵에 든 얼음을 하나 입에 넣고는 오독오독 씹었다.

그리고 잠시 힐끗 오타니 쪽을 바라보았다.

그 눈은 오타니에게 묻고 있었다. "정말 이대로 괜찮아?"라고. 이것이 지금 유키를 붙잡을 수 있는 마지막 찬스였다.

오타니는 깊이 고개를 끄덕였다.

후지이는 그것을 보고 복잡한 표정을 지었다.

기쁘기도 하고 슬프기도 해 보였다.

'너도 정말 착해빠진 남자네……'

그렇게나 자기였으면 둘 사이를 끼어든다는 둥 뭐라는 둥 했으면서 정작 이럴 때는 오타니의 뜻을 확인한다.

이어서 후지이가 유키에게 말했다.

"음, 뭐……, 맘대로 하면 되지 않을까? 무슨 일이 있으면 난 점보 파르페로 타협해줄게."

그러면서 살짝 웃어 보였다.

"그래, 얼마든지 사줄게."

유키는 그렇게 말하고는 천 엔짜리 지폐를 테이블 위에 올려놓고 카페를 뛰쳐나갔다.

'……아아, 이제 괜찮아.'

오타니는 가게를 나가 달려가는 유키의 등을 보며 그렇게 생각했다.

그건 후지이도 같은 생각이었던 것 같다.

"저렇게 되면 반드시 어떻게든 해결하겠지. 유키는 그런 주인공 같은 녀석이니까. 이제 우리 조연이 나설 자리는 없겠네."

그렇게 말하며 못 말린다는 듯 어깨를 으쓱한다.

그래…… 자신은 분명 앞으로 유키에게 히로인은 되지 않을 것이다.

그 길을 자신이 선택했으니까.

"……."

오타니는 잠시 입을 다물었다가.

"저기 후지이. 네가 아까 말했지. 네가 나와 사귀고 싶다는 마음은 누구보다 진심이라고."

"어? 응. 그렇게 말했지."

"……나도. 그랬어."

오타니는 그렇게 말하고는 자리에서 일어났다.

"쇼코?"

갑자기 일어선 오타니를 보고 후지이가 조금 놀랐다.

"혼자 있고 싶으니까 먼저 갈게."

그렇게 말하고 오타니는 카페를 나왔다.

◇

가게를 나오자 날이 완전히 어두워져 있었다.

오늘은 별이 잘 보이는 날이다.

오타니는 집으로 가는 길과는 다른 길을 빠른 걸음으로 걸어갔다.

"……그래. 제대로 진심이었다고, 나도."

정신을 차리고 보니 그 녀석을 늘 생각하고 있었다.

같이 있으면 따뜻한 마음이 들었다.

가끔 멋있는 모습을 보여주면 두근거렸다.

사귀고 난 뒤의 일이라든가, 결혼하고 난 뒤의 일 같은 것들을 상상하기도 했다.

더는 내 것이 되지 않는다는 것을 알았을 때는 바보같이 눈물도 흘렸다.

"하지만…… 그래도."

더 중요한 게 있다. 양보할 수 없는 것이 있다.

모친처럼은 되고 싶지 않다고 생각하는 자신이 있다.

……그러니까.

오타니는 인적 없는 강변까지 와서 멈춰 섰다.

가방을 놓고 크게 숨을 들이마셨다.

그리고.

"아아아아아아아아아아아아아아아아아아아아
아아아아아아아아아아아아아아아아아아아아아아
아아아아아아아아아아아아아아아아아아아아아
아아아아아아아아아아아아아아아아!!"

소리쳤다.

"봤냐! 이 망할 인간아아아아아아아아아아아아아
아아아아!!"

별만 무심히 빛나는 구름 한 점 없는 밤하늘을 향해.

폐에 있는 공기를 남김없이 쥐어 짜내듯이.

"나는 선택했어! 소중한 걸! 사랑 같은 것보다 훨씬 훨
씬 훨씬 더 중요한 걸! 소중한 사람의 행복을 선택했다고!
후회는 없어! 아주 후련해! 네 그 망할 연정 따위 조금도
모르겠다고! 알겠냐아아아아아아아아아아아아아아아
아아!"

눈동자에서 주르륵 눈물이 흘러내렸다.

이게 마지막이다.

오타니 쇼코가 첫사랑으로 흘리는 마지막 눈물이다.

전부 울고 나면 환하게 웃자.

나는 나를 이기고 올라선 승자니까.

"헉…… 허억…… 콜록, 콜록."

마침내 눈물을 다 쏟아내고 소리칠 체력마저 소진된 오타니는 천천히 숨을 고른다.

그리고 혼자 만족스럽게 환한 미소를.

지으려고 했는데, 아무래도 방해물이 있는 것 같았다.

"……그래서, 넌 왜 여기 있어?"

"응?"

후지이다.

어느새 오타니 뒤에 서 있었다.

"아니, 좋아하는 상대가 실연을 당해서 상심하고 있길래, 위로해주면 사귈 수 있지 않을까 싶어서."

후지이는 어서 자신의 품에 들어오라는 듯 두 팔을 벌렸다.

"……바보…… 정말로 최악이야, 넌……."

오타니는 후지이 쪽으로 돌아서더니 그 눈을 보고 말했다.

"……괜찮아? 나 같은 거라도. 보다시피 고집만 세고 귀엽지 않은 여자야."

그러자 후지이가 피식 웃었다.

하지만 눈빛만은 끝까지 진지한 얼굴로 말했다.

"그 부분이 최고거든."

"……어쩔 수 없는 남자네, 정말."

오타니는 그렇게 말하고 후지이의 품에 머리를 내맡겼다.

　오늘은 1학기 종업식이다.

　'……변함없이 교장 선생님의 이야기는 지루하네.'

　오타니 쇼코는 파이프 의자에 앉은 채 속으로 푸념했다.

　옆을 보니 유키가 가져온 참고서를 몰래 읽고 있었다.

　이럴 때까지 공부라니 기가 막혔다.

　하츠시로의 일 이후 어느 정도 시간이 지났다.

　아니, 정확히 그녀의 이름은 시미즈 코토리였으니 코토리의 일이라고 해야 할까.

　그 카페에서의 일 이후 많은 일들이 있었던 것 같지만 유키와 코토리는 어떻게든 헤쳐나간 듯했다.

　코토리의 아버지가 체포되는 일도 있었지만 두 사람은 지금도 여전히 행복하게 지내고 있었다.

　오히려 역경을 이겨낸 만큼 전보다 두 사람의 유대는 더 깊고 단단해진 느낌마저 든다.

　'……정말 주인공과 히로인 같은 두 사람이야.'

　자신이 들어갈 여지는 조금도 없다며 오타니는 쓴웃음을 지었다.

하지만 그렇기 때문에 두 사람이 더 행복했으면 좋겠다고 지금은 진심으로 생각했다.

그런 자신이 될 수 있었다는 사실에, 오타니는 자랑스러운 기분을 느꼈다.

◇

다시 본론으로 돌아와서.

그런 식으로 첫사랑을 매듭짓게 된 오타니지만, 그건 그렇다 쳐도 아직 한 가지 유키에 대해 마음에 걸리는 것이 있었다.

오타니는 두려움으로 인해 자신의 마음을 유키에게 전하지 못했다. 그래서 첫사랑은 결실을 맺지 못했다.

그것은 자업자득이며, 어느 정도는 받아들이고 있다.

하지만 반대로 유키 쪽이 오타니에게 호감을 품고 고백해 오는 패턴도 있었을 것이다.

코토리에겐 본인이 먼저 사귀어달라고 했다 하지 않았나.

그러니까 다시 말해 그 남자, 코토리에겐 세상에서 제일 귀엽다고 입이 닳도록 말하면서 자신에게는 그런 말을 한마디도 한 적이 없는 것이다.

실로 불쾌하다.

이래 봬도 남들만큼이나 미용에 신경을 쓰고 있는 소녀인 것이다.

이렇게 된 이상 한번 코를 납작하게 눌러줘야 직성이 풀릴 것 같았다.

"……그런 이유로 다이어트할 거니까 도와줘."

"쇼코도 고집이 세네. 뭐, 여친이 예뻐지는 건 남친 입장에서도 환영이지만 말이야."

오타니는 매일 아침 시미즈 사건으로 3개월의 휴부 처분을 받은 야구부 소속의 후지이를 불러내 운동을 돕게 했다.

뭐, 후지이 본인도 휴부 중에 몸을 움직일 생각이었으니 결국 오타니보다도 몇 배나 강도 높은 운동을 하긴 했지만.

오타니는 본래도 운동 부족 상태였으므로 후지이의 절반 이하의 운동량으로도 숨이 넘어갈 듯 힘들어했다.

식사도 철저히 관리하여 당질은 최소한으로, 양질의 영양가 높은 것을 평소 식사량의 50퍼센트 정도로만 먹고 끝냈다.

솔직히 엄청나게 힘들었지만 여기까지 온 이상 소녀의 자존심 싸움이나 다름없었다.

이 멍청하고 둔감한 주인공 녀석. 날 선택하지 않은 걸 후회하도록 해라. 그런 사악한 마음을 원동력 삼아 오타니는 한 번의 여름을 이겨냈다.

그리고…….

"……그나저나 이렇게까지 변할 줄은 몰랐는데. 보고만 있어도 코피가 날 것 같아."

후지이가 오타니의 모습을 보며 그렇게 말했다.

"원래 살이 잘 찌기도 하지만 잘 빠지기도 하거든, 나."

스스로도 몰라볼 만큼 완벽한 스타일의 여자가 그곳에 있었다.

쓸데없는 지방만이 사라져 근사한 곡선미를 그리고 있는 자신의 바디라인. 스스로가 생각해도 상당히 훌륭했다.

내친김에 귀찮을 것 같아 하지 않았던 콘택트렌즈를 끼고 화장이나 머리 모양도 달라진 체형에 맞췄다.

그리고 새 학기.

여느 때처럼 아침 일찍 학교에 오자 역시 유키가 혼자 참고서를 읽고 있었다.

"학기 초부터 열심이네."

오타니가 말을 걸자, 유키는 고개를 들어 이쪽을 보았다.

"오랜만이야, 오타니…….'

그리고.

"음……?"

유키는 고개를 갸우뚱했다.

"······저기, 누구시죠?"

"잠이 덜 깼어? 본의는 아니지만 1학년 때부터 계속 네 뒷자리인 오타니 쇼코야."

"······."

훌륭할 정도로 얼이 나간 모습을 볼 수 있어서 오타니는 크게 만족한 것이었다.

후지이 료타가 오타니 쇼코와 만난 것은 입학한 지 3개월 정도 지났을 무렵이었다.

마침 고등학교에 입학해 첫 중간고사 등수가 발표되던 날이었다.

이 학교는 상위 30명에 한해 등수가 매겨진다. 후지이의 이름도 거기에 실려 있었다.

결과는 학년 8등.

"굉장하다, 후지이 군 똑똑하구나!"

"동아리 활동도 하는데 노력가네!"

옆 반에 있는, 전에 딱 한 번 얘기한 적이 있는 여자들이 말했다.

늘 그렇듯이 자신과 이야기할 때 대부분의 여자들은 목소리가 한 톤 높아진다.

"하하하, 이번에는 운이 좋았어."

후지이는 그렇게 웃는 얼굴로 대답하면서도 속으로는 복잡한 심정이 들었다.

'······노력가에 굉장하다, 라.'

솔직히 그 평가를 스스로는 도저히 내릴 수가 없었다.

우선 동아리 활동도 있는데 노력가라는 말을 보자면, 솔직히 수업과 숙제 이외의 공부는 하지 않고 있었다. 본래 요령이 좋아서, 딱히 동아리 활동으로 지친 와중 잠자는 시간까지 줄여서 공부를 할 필요는…… 없었다.

　이 정도로 노력가라는 말을 듣는 것이다.

　다음으로 '굉장하다' 쪽인데, 이 학교는 편차치가 특별히 높은 학교도 아니다. 후지이는 더 높은 학교를 노릴 수 있었지만 집에서 가깝고 야구부가 좀 강하다는 이유만으로 이 학교를 선택한 것이다.

　그래서 이 학교 안에서는 공부를 잘하는 편이긴 하지만 대단하다고 할 정도는 아니라고 생각했다.

　'……정말 대단한 건 이쪽이겠지.'

　후지이는 걸린 성적의 맨 위를 보았다.

　유키 유스케 1등 885점.

　900점 만점에 15점만 빠져 있다. 참고로 2위와의 차이는 60점 가까이 벌어져 있었다.

　굉장하다는 말은 이럴 때 쓰는 말이 아닐까 생각했다.

　심지어 유키는 매일같이 아르바이트를 해서 생활비를 직접 벌고 있었다. 그러는 와중에도 필사적으로 공부해서 이런 성적을 받고 있는 것이다.

노력가라는 말도 이런 경우에 어울리지 않을까.

"……정말 당해낼 수가 없네."

◇

방과 후.

마지막 홈룸을 마친 후지이는 돌아가기 위해 자신의 짐을 정리하다가 알아차렸다.

"……아, 이거 돌려줘야겠다."

후지이가 손에 쥔 것은 유키에게 빌렸던 야구 기술서였다.

유명한 메이저리거가 쓴 것으로 유키에게는 바이블이나 다름없다는 것이라고 했다.

후지이는 야구부에서는 투수였는데, 최근 컨트롤에 어려움을 겪고 있어 혹시 힌트가 될 만한 게 있을까 싶어 빌렸던 것이다.

후지이네 반과 유키네 반은 같은 학년이지만 교실 층이 달랐다.

동아리용 물품을 어깨에 걸치고 계단을 내려가 유키네 교실로 향했다.

문 유리 너머로 교실 안을 보자.

'……아아, 저기 있네.'

유키가 공부를 하고 있었다.

방과 후에 일이 없으면 대체로 교실이나 자습실에서 하교시간 직전까지 공부를 하는 것이다.

"정말 열심히 한단 말이지."

후지이가 유키를 누구보다 대단하다고 생각하는 것은 이런 점 때문이었다.

유키는 본래 공부를 잘하는 사람이 아니었다. 듣기로는 정기 고사 학년 등수가 중학교 도중까지는 뒤부터 세면 양손으로도 충분할 정도였다고 했다.

매일 야구에 매진한 탓도 있겠지만 그래도 후지이라면 그렇게까지 형편없는 성적을 거두지는 않았을 것이라고 확신할 수 있었다.

그러니 유키의 이 성적은 정말 노력으로 악착같이 일궈 낸 결과였다.

그에 상응하는 노력을 하는 모습도 같은 고등학교에 들어온 이후 쭉 지켜보았다.

후지이도 그의 영향을 받아 공부해 볼까 하는 생각도 했지만, 슬프게도 사흘도 지나지 않아 원래의 생활로 돌아가 버렸다.

이유는 어렴풋이 알고 있었다.

자신은 그렇게 하지 않아도 아무런 불편 없이 지내고 있기 때문이었다.

주위 사람들보다 공부와 운동을 잘하고, 주위 사람들보다 남과 잘 어울리고, 여자들에게 인기도 많다. 그런 생활에 내심 만족하고 있었다.

그래서 유키처럼 이루고 싶은 꿈을 향해 필사적으로 노력하는 사람처럼 될 수는 없었다.

후지이는 어렸을 때부터 천재라는 말을 여러 사람에게 들어 왔다. 실제로 스펙만 보면 그럴지도 모르지만 적어도 본인은 '구제할 길 없는 근성의 범인(凡人)'이라고 생각했다.

그런 범인을 두고 주인공은 꿈을 향해 돌진한다.

오늘도, 지금 이 순간도.

"하아."

후지이는 한숨을 한 번 내쉬고 문을 열었다.

"유키!"

"……."

후지이가 교실로 들어가 말을 걸었지만 유키는 묵묵히 문제를 계속 풀어나갔다.

아무래도 눈치채지 못한 것 같다.

'굉장한 집중력이네…….'

집에서 숙제를 하려고 할 때, 조금이라도 가족의 대화소리가 들려오면 집중이 끊어지는 후지이와는 크게 달랐다.

그러자 유키 뒷자리에서 소설을 읽던 여자아이가.

"유키, 너한테 손님이야."

그러면서 유키의 의자를 가볍게 걷어찼다.

"?!"

꽤나 거친 전달 방식에 조금 놀란 후지이.

"……응? 아아, 뭐야. 후지이구나. 무슨 일이야?"

하지만 유키는 익숙한지 태연했다.

"이 녀석은 이 정도로 안 하면 눈치 못 채."

여자아이는 책에서 고개를 들지 않은 채 그렇게 말했다.

"그, 그렇구나. 아, 저기 이거…… 돌려주러 왔어. 고마웠다."

후지이는 가방에서 유키에게 빌렸던 책을 꺼내 건네주었다.

"오. 참고가 됐어?"

"음, 된 것도 같고 안 된 것도 같아."

그것이 후지이의 솔직한 감상이었다.

메이저리거가 쓴 것에 비해서는 기초적인 내용이 알기 쉽게 쓰여진 것은 맞지만, 그렇다 보니 적힌 내용이 너무 당연한 것들이라 새삼 배울 필요도 없는 것들이 많았다.

소개된 훈련 방법도 그다지 획기적인 것은 없는 것 같았다.

"후지이. 너 그거 읽기만 하고 적혀 있는 거 실제로 해본 건 아니지?"

"어? 응, 그렇긴 한데."

"실제로 해보지 않으면 깊은 곳까지 알 수 없는 게 많아. 기초적인 것일수록 더."

······뭐, 넌 재주가 좋으니까 필요 없을지도 모르지만.

그렇게 말한 유키는 공부 용품을 가방에 집어넣었다.

"좋아, 이다음은 자습실에서 할까. 다음에 보자, 후지이. 오타니도."

"아, 응. 나중에 보자. 유키."

그렇게 말한 유키는 교실을 빠져나갔다.

"······."

유키가 나간 뒤 후지이는 그 자리에 굳어 있었다.

"······너는 재주가 좋으니까 필요 없을지도 모른다라."

자세히 보니 돌려준 책이 여전히 책상 위에 놓여 있었다.

"저 녀석 가끔 아픈 곳을 찔러오지?"

유키 뒷자리에 있던 여자가 그렇게 말했다.

"으음, 이름이 오타니 씨?"

"오타니 쇼코야."

"그럼 쇼코네. 나는 후지이 료타, 잘 부탁해."

그렇게 말하며 환한 미소로 웃어주었다.

"응, 잘 부탁해."

그런데 오타니는 진심으로 관심이 없다는 얼굴로 그 말

만을 하고는 책으로 시선을 돌려버렸다.

'……어라, 처음 보는 반응.'

후지이는 스스로도 자각하고 있지만 상당한 미형이었다.

그러니 자신이 미소를 지으면 기뻐하거나 쑥스러워하거나 둘 중 하나의 반응이 나와야 정상일 텐데.

쑥스러움을 감추는 타입인가?

그렇게 생각했지만 쑥스러움을 감추는 경우는 눈을 돌린 후에도 힐끔힐끔 이쪽을 본다.

그런 기색도 없이 제대로 책 쪽에 집중하고 있었다.

'……흥미가 좀 생기는데.'

"저기, 쇼코, 뭐 읽어?"

오타쿠 성향을 가진 여자에게 말을 걸 때의 단골 멘트로 질문해 보았다.

"『○○에서 분수?! 엉덩이가 예쁜 회사원의 ○○○프레젠테이션』."

"어? 뭐라고?"

착한 아이에겐 거의 들려줄 수 없는 단어들이 즐비했다.

"못 들었어? ○○에서 분수."

"아니, 그건 알았으니까."

굳이 여러 번 들을 말은 아니었다.

오타니가 책을 펼쳐 삽화를 보여주었다.

미형의 남자들끼리 질척하게 달라붙어 있었다.

……이건 흔히 말하는 BL이라는 건가.

"재, 재미있는 취미네."

"숙녀의 기호야. 사실상 의무 교육이나 다름없지."

그런 의무 교육은 사양해줬으면 한다.

그건 그렇고 지금껏 후지이가 경험해본 적 없는 타입의 여자였다.

자신이 말을 걸었음에도 관심 없다는 태도도 그렇고, 이 정도로 당당하게 자신의 성벽 같은 것을 드러내는 것도 그렇다.

자세히 보면 의외로 생김새는 단정하다. 꽤 취향에 가까울지도 모른다.

역시 흥미가 생겼다. 이런 아이랑 사귀어 보는 것도 재밌을지도.

"정말 재미있네, 쇼코. 저기, 갑작스럽지만 나랑 사귀어 보지 않을래?"

꽤 당돌한 권유였지만 후지이의 경험상 이미 남자친구가 있었던 경우를 제외하고는 대부분은 OK를 받았다.

아니, 사실 남자친구가 있어도 OK를 받기도 했다. 그런 경우엔 후지이 쪽에서 거절하지만.

그리고 오타니의 반응은.

"……너는."

오타니가 책에서 고개를 들더니 후지이의 눈을 똑바로 바라보며 말했다.

"재미없는 것 같네. 본인 스스로가."

"……."

그 말에 후지이는 저도 모르게 입을 다물고 말았다.

완벽한 정곡이었다.

오늘 시험 등수 발표를 보고, 아니 그보다 훨씬 전부터 자신은 얼마나 지루하고 평범한 인간인가 생각하고 있던 것이다.

어쩌면 일반적인 사람이 보기엔 후지이야말로 만화 주인공 같은 보람찬 청춘을 향유하는 것처럼 보일지도 모른다.

하지만 진짜는 다른 곳에 있다.

드라마틱하고 한결같고, 그렇게 해서 압도적인 결과를 내는 인간이 곁에 있는 것이다.

그에 비하면 자신은 그저 재주만 좋을 뿐인 엑스트라 중 한 명이다.

"……말이 지나쳤네. 미안해."

입을 다물어버린 후지이의 모습을 보고 오타니는 작게 고개를 숙였다.

"나도 그 마음을 좀 아니까. 괴롭지. 많이 힘들지는 않지만 매일 조금씩 힘들이."

"그래……. 응, 쇼코 말이 맞아."

"특히 넌 딱 보기에도 인생을 잘 살 것처럼 보이니까 아무도 몰라줄 테고."

'……대단하네, 이 아이.'

후지이는 솔직하게 감탄했다.

지금까지 누구에게도 이해받지 못했던, 정확히 말하자면 후지이 본인도 명확하게 이해하지 못하고 있던 괴로움을 완전히 간파당하고 말았다.

"이 괴로움은 결국 뭔가에 몰두해서 열심히 하는 것으로 밖엔 채울 수 없는 것 같아. 나도 최근엔 그리지 않던 그림을 다시 그렸더니 기분이 괜찮더라."

그러니까.

그렇게 말한 오타니는 유키의 책상 위에 놓여 있는 야구 기술서를 집어들어 후지이에게 내밀었다.

"지금보다 조금만 더 열심히 해보는 게 어때?"

그렇게 말한 오타니의 표정은 결코 애교 있는 느낌은 아니었지만 다정함이 느껴졌다.

후지이에게 호감을 받으려는 생각은 조금도 없는, 정말 진심으로 이쪽을 생각해서 해주는 말이라는 것이 전해졌다.

"……응, 그러게."

후지이는 기술서를 받아들었다.

"유키한테는 아직 좀 더 빌리겠다고 전해줄 수 있

을까?"

"알았어. 힘내."

오타니는 그렇게 말하고는 다시 책으로 시선을 돌렸다.

그날부터 후지이는 기술서에 적혀 있는 것을 방과 후 혼자 동네 공원에서 실천해 보기로 했다.

그렇지만 역시 직접 해봐도 큰 감흥은 없었다. 셋째 날까지 했을 때 '이제 충분하지 않을까' 하는 생각이 머리를 스쳤다.

하지만.

"어라, 정말로 하고 있네."

오타니가 연습 중 한번 공원을 지나갔는데, 그날 이후로 매일 후지이의 연습을 보러 오게 된 것이다.

"괜찮아? 심심하지 않아?"

후지이가 그렇게 말하자.

"책 읽으니까 괜찮아. 뭐, 힘내라고 말한 직후니까. 게다가 누가 봐주면 땡땡이치기 힘들잖아?"

그렇게 말해왔다.

이런 식으로 또 한참을 계속하다 보니 점점 문자로만 읽었을 땐 몰랐던 것들을 몇 가지씩 깨닫게 되었다.

지금까지는 눈으로 읽기만 하고 어렴풋이 알고 있다고 생각했을 뿐, 깊은 부분을 전혀 모르고 있었다는 사실을 깨달았다.

컨트롤이 흐트러진 원인은 아무래도 키가 커지고 몸의 균형이 바뀌면서 축의 다리를 움직이는 방식이 바뀌었기 때문인 듯했다.

그것을 고치기 위한 연습도 적혀 있어서, 꾸준히 해나갔다.

그리고 두 달.

컨트롤은 훌륭하게 개선되었다.

단 2개월. 유키에게 비하면 노력이라고 불러도 좋을지 모르는 수준이지만 후지이에게 있어서는 이렇게 오랫동안 한 가지 일을 노력한 적이 없었다.

이렇게까지 열심히 할 수 있었던 것은 다른 누구도 아닌 오타니 덕분이었다.

'……이런 적은 처음이네.'

후지이에게 호감을 사고 싶어서 부탁을 들어주는 여자는 지금까지 얼마든지 있었지만, 자신을 찬 뒤에도 이렇게까지 사귀어 주는 아이는 지금까지 없었다.

진정한 의미에서 배려심 많고 상대방을 생각해주는 아이.

여자친구가 있으면 안정도 되고 더 열심히 할 수 있겠지.

그런 이유로 후지이는 또 고백했다.

하지만.

"나 너무 가벼운 사람은 별로 안 좋아해."

다시 거절당했다.

하지만 여기서 물러설 수는 없다.

아직 젊지만 지금껏 다양한 여성과 사귀어 온 촉이 말하고 있었다.

이 아이는 평생의 상대가 될 거다. 무조건 잡아야 해.

"그럼 진지하다는 걸 알아줄 때까지 매일 고백할게!"

후지이로서는 진지하게 말한 것이지만, 아무래도 오타니는 성가신 농담 정도로만 생각한 모양이었다.

"……하아. 해봐. 할 수 있다면 말이지."

어이없다는 얼굴로 그녀가 그렇게 말했다.

그래, 그렇다면 돌아보게 만들면 된다.

그날 이후 후지이는 매일 오타니에게 고백하기로 결심한 것이었다.

그날 유키는 집에서 여느 때처럼 코토리와 저녁을 먹고 있었다.

유이와의 일 이후 벌써 한 달 이상 지나 지금은 11월. 날씨는 완전히 추워져서 평상복도 두 사람 다 두꺼운 겨울용 옷으로 바뀌었다.

"이제 곧 겨울 방학이네."

"그러게요. 뭐, 그래도 유키 씨는 쉬는 날에도 공부와 일로 바쁘시겠지만요."

"······부정은 못 하겠네."

유키 일정표에는 업무 스케줄이 꽉 차 있었다.

심지어는 겨울 방학 중 공부 계획도 상당히 빡빡한 편이었다. 겨울이 지나면 드디어 3학년, 수험 시즌이 다가온다.

후지이처럼 공부하지 않아도 성적이 좋은 타입이 아니었기에 지금부터라도 할 수 있는 만큼의 노력은 해 둬야 했다.

"미안해······. 겨울 방학인데 같이 많이 놀러 다니지도 못하고."

"후후, 괜찮아요."

코토리는 된장국이 담긴 그릇을 테이블에 놓으며 말했다.

"남자는 자신이 하고 싶은 일에 최선을 다하는 모습이 가장 멋있다고 생각하니까요."

그렇게 말하며 상냥하게 미소 짓는다.

여전히 근사한 말을 해주는 여자친구다.

"게다가 수업이 없는 만큼 집에서 공부하는 시간이 늘어나잖아요. 그러면 유키 씨와 함께 있을 수 있는 시간은 훨씬 늘어나고요. 그걸로 충분해요."

"코토리……."

"저는 유키 씨가 공부하는 옆모습을 보는 것도 좋아하거든요. 겨울 방학 땐 많이 볼 수 있을 것 같아서 벌써부터 두근거려요."

"……코토리!"

너무나도 사랑스러운 말에 유키는 식사 중임에도 젓가락을 놓고 코토리를 껴안았다.

"유, 유키 씨! 왜 그러세요?!"

"너는 정말 진짜로!"

너무 사랑해.

내 여자친구가 너무 사랑스러워.

"……좋아, 결정했어. 노력해서 연휴를 만들 거야. 그래서 같이 어디 놀러 가자."

"그렇게까지…… 괜찮을까요?"

"어떻게 해서든 코토리와 데이트하고 싶어졌어. 함께 해줄래?"

"저야…… 물론이죠. 정말 기뻐요."

코토리는 잠시 놀라 몸을 굳히는가 싶더니 곧 힘을 빼고 유키에게 몸을 맡겼다.

"그럼 어디로 갈까?"

어디론가 간다고 해도 애초에 유키는 여행 전반에는 관심이 없었다.

'응, 계절이 계절이니까 쿠사츠 쪽 온천도 좋겠다…….'

몇 안 되는 근처 관광지의 지식을 쥐어 짜내 그런 생각을 하고 있는데.

덜컹.

우편함에 무언가가 들어간 소리가 났다.

"가져올게요."

"응."

평소처럼 빠르게 반응한 코토리가 우편물을 가지러 갔다.

곧바로 사라져 버린 그녀의 체온이 아쉬워서 혼자 손을 문지르고 있는데.

"유키 씨에게 온 편지네요. 발신인은…… 아, 유키 씨의 어머님이세요."

코토리가 가져온 편지에는 『유키 아사코』라는 발신인의 이름이 적혀 있었다.

"아아, 이번 달치구나. 또 답장 써야겠네."

요즘 시대에 드물게도 유키와 어머니는 한 달에 한 번 편지를 주고받고 있었다.

엄청난 시골이라고는 해도 어머니 역시 스마트폰을 갖고 있으니 그것을 사용하면 되지 않을까 했는데, 어머니는 "마음을 담는 게 가장 중요해. 소울이야, 소울" 하며 영문 모를 논리를 주장했고 결국 편지를 주고받게 됐다.

"자, 이번에는 뭐가 적혀 있을까……."

지난번에는 A4 용지 한면 가득 코토리에 대해 물어오기에 유키도 A4 용지 양면 가득 코토리의 귀여운 부분을 적어서 돌려보냈다.

"……아."

"무슨 일 있나요?"

테이블에 앉아 식사를 재개한 코토리가 편지를 읽고 혼자 중얼거리던 유키에게 물었다.

"저기, 코토리…… 아까 말했던 연휴 말이야."

"네."

"우리 본가에 같이 가지 않을래?"

"네?"

오이 장아찌를 입으로 가져가려던 코토리의 손이 딱 멈췄다.

유키가 손에 들고 있는 편지에는 붓펜으로 적힌 유려한 글씨체로『연말에 네가 말한 태양계에서 제일 예쁜 여자 친구 좀 데려오렴』이라고 적혀 있었다.

175

후기

실연으로 우는 여자아이는 아름답지 않나요?←(갑자기 사이코패스)

여러분 오랜만입니다. 키시마 키라쿠입니다.

네, 그런 이유로 완전히 오타니를 주인공으로 하여 적어 보았습니다. 『뛰어내리려는 여고생을 구해주면 어떻게 될까?』 3권입니다.

읽어보신 분들은 아시겠지만 이번에는 한 권 거의 통째로 오타니 시점에서 이야기가 진행됩니다. 사실 본래라면 3권에 와서 완전히 주인공 시점을 벗어나 서브 캐릭터 시점으로 이야기를 진행하는 것은 로맨스물에서는 그다지 흔하지 않은 전개 방식입니다.

하지만 『뛰내여』에 관해서 키시마는 '한 권 한 권마다 장편 영화를 본 것 같은 만족감을 제공하고 싶다'고 결심했고, 그때 그때 가장 재미있게 쓸 수 있는 내용을 쓰고 있습니다.

2권도 사실 이른바 로맨스물의 왕도적인 이야기에서는 벗어나 있습니다. 본래대로라면 주인공과 여주인공 둘이서 연애를 이어가는 것이 일반적인 패턴인데, 유키와 코토리의 생활을 적으면서 이웃인 부모와 자식을 조명하는 전개를 적었습니다.

이유는 '그게 제일 재밌기 때문'입니다.

이번에는 오타니 시점의 이야기가 '가장 재미있는 이야기'가 되는 셈입니다.

그렇게 키시마의 개인적인 고집으로 하고 싶은 대로 이것저것 적어 나가고 있으니 여러분도 즐겨주신다면 좋겠습니다.

뭐, 그건 그렇고…….

보셨나요, 여러분!

표지에 그려져 있는 다이어트 후의 오타니!

뭔가요, 그 초절정 미소녀는! 작가조차도 처음에 누군지 몰랐습니다, 정말로요.

개인적으로 지금까지 봐왔던 2차원 미소녀 중에서도 세 손가락 안에 들 정도로 취향이었습니다.

이런 오타니와 사귈 수 있게 된 후지이 군은 꼭 옷장 모서리에 새끼손가락을 부딪혀 몇 분간 고통에 몸부림쳤으면 좋겠습니다.

음, 오타니는 2학기 동안 원래의 체형과 안경으로 돌아가 버렸지만요.

그녀에게는 『뛰내여』계 리바운드 왕이라는 칭호를 수여

해주고 싶습니다.

애초에 오타니는 오타니대로 굉장한 미소녀입니다. 매력이 부족하지 않은 캐릭터입니다. 오타니는.

그리고 다음 권에서는 코토리가 유키의 본가로 가는 이야기가 나옵니다.

부모님 인사입니다, 부모님 인사. 정말 이 둘은 어디까지 앞서 갈까요?

이 작품은 캐릭터가 행동하는 대로 따라가는 부분이 있기 때문에 작가 본인도 어떻게 될지 예상할 수 없는 부분이 많습니다.

그래서 힘들지만 쓰는 재미도 있는 작품입니다.

자, 그런 『뛰내여』에서 이번엔 만화화가 시작되었다는 소식을 모두 들으셨나요?

《이웃집 영점프》에서 우루히코 선생님 집필에 의한 만화판이 연재중입니다.

우루히코 선생님도 아름다운 그림을 그리는 분이니 궁금하신 분들은 꼭 읽어보세요.

오랜 시간을 들여 준비해온 만큼 상당한 퀄리티로 완성되지 않았나 하는 생각이 듭니다.

마지막으로 엄청나게 개인적인 일이지만 기쁜 일이 있었습니다.

『뛰내여』의 감상을 검색하고 있을 때 『뛰내여』를 읽고 소설가가 되기로 결심했어요!'라는 분이 계셨습니다. 그것도 몇 분이나.

한 명의 크리에이터로서 이보다 더 기쁜 일은 없을 겁니다.

이 작품 덕분에 또 한 가지 꿈을 이뤘습니다.

『뛰내여』를 이렇게나 많이 좋아해주셔서 감사합니다. 여러분이 꿈을 이룰 날을 기대하고 있겠습니다.

그럼 여러분, 다음 4권에서 뵙겠습니다.

とびじょ 3巻
発売おめでとうございます!!
今回はいろんな姿の大谷さんを
描かせていただきました!
とても楽しかったです!

뛰내여 3권
발매 축하드립니다!!

이번에는 여러 모습의
오타니 씨를 그릴 수 있어서
너무 즐거웠어요!

3권 발매
축하드립니다!

오타니 씨의
팬을 위한
대망의 이번 권…!
여러 표정을
볼 수 있어서
점점 더 좋아졌습니다.

Rotan

TOBIORI YOTO SHITEIRU JOSHIKOSEI O TASUKETARA DONARUNOKA?
Vol.3
©Kiraku Kishima, Kuronamako, Ratan 2022
First published in Japan in 2022 by KADOKAWA CORPORATION, Tokyo.
Korean translation rights arranged with KADOKAWA CORPORATION, Tokyo.

뛰어내리려는 여고생을 구해주면 어떻게 될까? 3

2023년 8월 15일 1판 1쇄 발행

저　　　자 키시마 키라쿠
일 러 스 트 쿠로 나마코
옮 긴 이 이소정
발 행 인 유재옥
본 부 장 조병권
편 집 1 팀 김준균 김혜연
편 집 2 팀 박치우 정영길 정지원 조찬희
편 집 3 팀 오준영 이해빈 이소의
편 집 4 팀 전태영 박소연
라이츠담당 김정미 맹미영 이윤서
디 지 털 김지연 박상섭
미　　　술 김보라 박민솔
발 행 처 ㈜소미미디어
인쇄제작처 ㈜코리아피엔피
등　　　록 제2015-000008호
주　　　소 서울시 마포구 토정로222, 403호 (신수동, 한국출판콘텐츠센터)
판　　　매 ㈜소미미디어
마 케 팅 박종욱
영　　　업 최원석 최정연 한민지
물　　　류 백철기 허석용
전　　　화 (02)567-3388, Fax (02)322-7665

ISBN 979-11-384-7970-7
ISBN 979-11-384-3584-0(세트)